KB249234

빅토르 위고

파도바의 폭군 안젤로

Angelo Tyran de Padoue

파도바의 폭군 안젤로

초판인쇄 2016년 11월 1일 **초판발행** 2016년 11월 10일

지은이 빅토르 위고 **옮긴이** 곽광자 **펴낸이** 박성모 **펴낸곳** 소명출판 **출판등록** 제13-522호

주소 서울시 서초구 서초중앙로6길 15, 2층

전화 02-585-7840 **팩스** 02-585-7848

전자우편 somyungbooks@daum.net **홈페이지** www.somyong.co.kr

값 10,000원

ISBN 979-11-5905-102-9 03860

파도바의 폭군 안젤로

VICTOR HUGO

빅토르 위고

곽광자 옮김

Angelo Tyran de Padoue

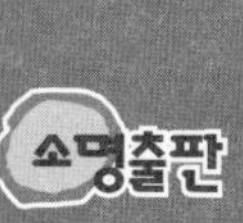

서문

오늘날, 모든 심각한 문제들이 사회의 근본 자체와 직결되어 있는 상황에서, 이 드라마 작가는 오래전부터 다음과 같은 구상과 비슷한 무언가를 무대에서 전개하는 것이 유익하고 중요하리라 생각하였다.

완전히 마음에서 우러나오는 행위 속에, 사회 안의 여자와 사회 밖의 여자라는 두 종류의 엄숙하고 고통스러운 모습을 대치시키는 것; 다시 말해서 모든 여자들과 여자의 모든 것을 살아 있는 두 유형으로 대치시키는 것. 여자의 모든 요소들을 요약하고 있고 대체로 미덕을 지니고 있으며 항상 불행한 두 여자를 보여 주는 것. 한 여자는 독재에, 다른 한 여자는 경멸에 대항하는 것. 전자의 용기가 어떤 시련에 저항하는지, 후자의 오점이 어떤 눈물로 씻어지는지를 가르쳐 주는 것. 잘못은 잘못을 저지른 자, 다시 말해서 강하지만 실은 사회적이며, 어리석은 남자에게 되돌아가게 하는 것. 이 선택된 두 영혼을 통해서 소녀의 연민으로 여자의 원한을, 어머니에 대한 사랑으로 애인에 대한 사랑을, 헌신으로 증오를, 의무로 정념을 극복하는 것. 이렇게 설정된 두 여자의 눈에 비친 두 남자 즉, 남편과 연인, 최고 권력자와 추방된 자를 그리는 것. 그들이 부수적인 수많은 변천과정을 거치면서 한편으로는 여자와, 다른 한편으로는 사회와 가질 수 있는 규칙적, 불규칙적인 모든 관계들을 요약하는 것. 다음으로, 향유하고, 소유하고, 괴로워하는, 때로는 어둡고 때로는 빛나는 이러한 집단 아래에 시샘하는 자가 있음을 잊지 않는 것. 언제나 어디에나 존재하고 있는 이 숙명적인 정탐꾼은, 모든 사회와 모든 계층과 온갖 번영과 인간의 온갖 정념 아래에 섭리가 배치해 둔 것으로, 자신보다 우월한 모든 것을 적으로 삼는 자이며, 베네치아에서는 밀정으로, 콘스탄티노플에서는 환관으로, 파리에서는 팸플릿 작가로, 때와 장소에 따라 모습을 바꾸지만 본질은 언제나 동일함. 따라서 사랑의 문은 사방으로 닫아걸고 복수의 문은 모조리 열어놓고 있기 때문에, 할 수 있는 일이란 해를 끼치는 일뿐이며, 지식은 있으되 뒤틀렸으며, 모든 미소를 증오심으로 대하는 이 불쌍한 존재를 섭리가 놓아둔 대로 언제나 어둠 속에 놓아둠. 끝으로 이 세 남자 위에, 두 여자 사이에 하나의 연결 고리로, 상징으로, 중재자로, 충고자로 십자가에서 죽은 신을 놓는 것. 이 모든 인간의 고통을 십자가 뒤에 못 박아 두는 것.

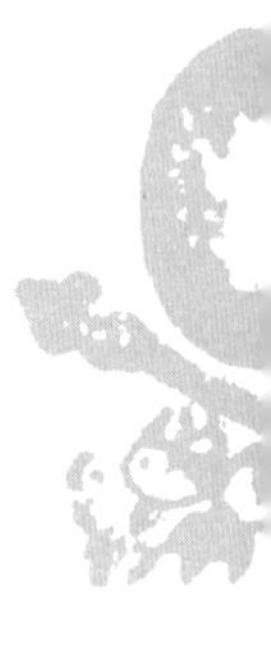

다음으로, 모든 것을 이와 같이 설정해 놓고 드라마를 만듦. 균형의 위대함 속으로 응용가능성이 사라질까 두렵기 때문에 완전한 왕의 드라마가 되지 않게 만듦; 작중인물들의 왜소함 때문에 풍부한 구상을 해칠까 두렵기 때문에 완전한 서민의 드라마도 되지 않게 만듦. 오히려 공작의 드라마, 가정의 드라마를 만듦. 드라마가 위대해야 하니까 공작의 드라마라야 하고, 드라마가 진실해야 하니까 가정의 드라마라야 함. 언제나 현재 속에서 과거를, 과거 속에서 현재를 느끼고자 하는 사람들의 욕구를 위해, 이 작품에서는 영원한 요소에 인간적인 요소를, 사회적인 요소에 역사적인 요소를 혼합함. 작품을 그려나가면서 기회 있을 때마다 남자와 여자만, 두 여자와 세 남자만 그리는 대신, 全시대, 전 풍토, 전 문명, 전 민중을 그림. 이러한 구상 위에서 역사의 특별한 여건에 따라 사건을 엮어 나가되, 그 사건은 매우 단순하고 진실하며, 생생하게 살아 있으면서 가슴 뛰게 하며, 현실적이어서, 마치 근육이 뼈를 숨기듯, 사건이 구상을 숨길 수 있게 함.

이상과 같은 것들이 바로 이 드라마 작가가 만들고자 했던 것들이다. 다만 한 가지 유감이 있다면, 이런 생각이 이 작가보다 더 훌륭한 작가에게서 나오지 않았다는 점이다.

오늘, 분명 이런 생각 덕분에 기대를 훨씬 능가하는 성공을 얻고 보니, 작가는 이런 생각에 공감해 주는 개화된 군중에게 자신의 구상을 온전하게 설명하고 싶은 욕구를 느낀다. 그 구상이란 성공에 대한 책임으로 가득 찬 호기심과 더불어 매일 저녁 자신의 작품 앞에 차곡차곡 쌓여진 것이다.

사회의 욕구에 관해 천착해 본 사람이라면 누구에게나, 예술의 시도가 사회의 욕구와 일치해야 한다는 점은 아무리 되풀이해서 말해도 부족할 것이다. 오늘날은 그 어느 때보다 연극은 교육의 장이다. 드라마란 이 작품의 작가가 만들고자 했던 것처럼, 문인이면 누구나 그렇게 할 수 있듯이, 군중에게는 철학을, 다양한 생각에는 하나의 형식을, 詩에는 살과 피와 생명을, 생각하는 사람에게는 균형 잡힌 설명을, 타락한 영혼에게는 생명의 묘약을, 은밀한 상처에는 위안을, 개인에게는 충고를, 모든 사람들에게는 법을 제공해 주어야 한다.

예술의 조건들이 우선되어야 하고 완전히 충족되어야 한다는 사실은 말할 필요가 없을 것이다. 호기심, 흥미, 즐거움, 웃음, 눈물, 삼라만상에 대한 끊임없는 관찰, 훌륭하게 짜인 문체, 이 모든 것들을 드라마는 갖고 있어야 한다. 그것이 없다면 드라마라 할 수 없을 것이다. 그러나 완벽한 드라마가 되기 위해서는 즐거움을 주려는 의지와 함께 가르치려는 의지가 있어야 한다. 드라마의 매력에 빠져들게 하되 그 안에 교훈이 있어야 한다.

너무나 생생하게 살아 있는, 눈부시고 시적이며 정열적인, 황금과 비단과 벨벳으로 치장한 미인을 해부하고자 할 때에도 언제나 거기에서 교훈을 찾을 수 있어야 한다. 가장 아름다운 미녀에게 골격이 있듯이 가장 아름다운 드라마에는 확고한 주제가 있어야 한다.

보다시피 작가는 극시의 준엄한 의무를 그 어느 것도 소홀히 하지 않았다. 그는 아마도 7년 전부터, 다양한 드라마들 속에서 자신이 만들고자 했던 바를, 언젠가는 자신의 특별한 작품 속에서, 하나씩 자세하게 설명하고자 할 것이다. 19세기 연극의 과업이라는 거대한 과업에 직면해서, 그는 자신의 역량이 심히 부족함을 느끼겠지만, 이미 시작한 작품 속에서 그 과업을 여전히 추진해 나갈 것이다. 그것이 아무리 하찮은 것이라 할지라도, 엘리트 계층의 지지로 용기를 얻는다면, 군중의 박수갈채로 용기를 얻는다면, 오늘날 탁월하고 견문이 넓은 사람들의 비평 속에 산재해 있는 모든 것에 대한 정당한 공감으로 용기를 얻는다면, 그가 어떻게 물러서겠는가? 따라서 그는 꿋꿋하게 계속할 것이다. 가장 보잘것없는 사소한 것에서라도 유익한 생각, 사회적인 생각, 인간적인 생각을 모두에게 분명하게 보여줄 필요가 있다고 믿을 때마다, 그는 연극을 확대경으로 삼아 그 생각들을 그려나갈 것이다.

우리가 살아가고 있는 이 시대에 연극의 지평은 확대되었다. 예전에 시인은 '관객들이여'라고 말했으나, 오늘날 시인은 '민중들이여'라고 말한다.

1835년 5월 7일

등장인물

안젤로 말리피에리_ 파도바의 시장, 카타리나의 남편

카타리나 브라가디니_ 안젤로의 부인, 로돌포의 애인.

라 티스베_ 안젤로의 情婦,

로돌포_ 카타리나의 애인.

오모데이_ 밀정

아나페스토 갈레오파_ 로돌포의 친구

오르델라포_ 오모데이의 친구

오르페오_ 야간 경비병

가보아르도_ 야간 경비병

레지넬라_ 카타리나의 하녀

다프네_ 카타리나의 하녀

흑인 시동_ 라 티스베의 하인

야경꾼

문지기

파도바의 성 안토니오 성당 주임 신부

수석사제

— 파도바, 1549년, 프란치스코 도나토 총독 재임 기간

: 첫째 날

열쇠

야간 축제를 위해 꾸며진 정원. 오른쪽에, 음악과 빛이 가득한 공작 관저, 정원 쪽으로 문이 있고, 일층 아케이드 형 회랑에서 사람들이 배회하면서 축제를 즐기는 모습이 보인다. 문 옆에 돌로 된 벤치가 있다. 왼쪽에 있는 또 하나의 벤치에서 잠자고 있는 사람의 모습이 어둠 속에 희미하게 보인다. 무대 뒤편, 우거진 나무 위쪽으로 맑게 갠 하늘에 16세기 파도바市의 검은 실루엣이 보인다.

막이 끝날 무렵 날이 밝는다.

—제1장—

라 티스베(화려한 축제 의상), 안젤로 말리피에리(황금빛 영대를 두른 공작 복장), 오모데이(앞을 여민 갈색 모직으로 된 긴 상의와 붉은색 짧은 바지를 입고 기타를 곁에 두고 있다.)

라 티스베 예, 당신은 이곳의 주인이에요, 시장님, 훌륭하신 시장이시고, 생살여탈권과, 완전한 권력과 완전한 자유를 갖고 계셔요. 베네치아에서 파견되셨으며, 당신이 계시는 곳에서는 어디서나 베네치아 공화국의 장엄한 모습이 보이는 것 같아요. 당신이 거리를 지나가실 때면, 시장님, 창문들은 닫히고, 행인들은 달아나고 모두가 집안에서 벌벌 떨고 있어요. 슬프게도! 불쌍한 파도바[1] 시민들의 태도는 시장님이 나타나기만 하면, 옛날 터키인이 나타났을 때의 콘스탄티노플 사람들보다도 자랑스럽거나 편안하기가 나을 게 없어요. 예, 이런 실정이에요. 아! 저는 브레시아[2]에서 왔어요. 거긴 상황이 다르죠. 베네치아는 파도바를 다루듯 브레시아를 다루지는 못할 거예요. 브레시아는 자신을 방어할 테니까요. 베네치아가 완력으로 내려치면 브레시아는 물어뜯고, 파도바는 핥겠지요. 그건 치욕이에요, 그런데 말이에요. 비록 당신이 모든 사람들의 주인이실지라도, 또 저의 주인이기를 원하실지라도, 시장님, 제 말을 들어 보세요, 제가 진실을 말씀드

---

1 Padoue(Padova) : 고대 로마시대부터 발달한 이탈리아 동북부의 유서 깊은 도시. 베네치아 공화국 시절의 제2의 수도. 13세기에 건립된 성 안토니오 성당(Basilique de Saint-Antoine), 대학, 주교관 등 문화 유적이 많다. 밀라노, 베네치아, 볼로냐의 중심에 위치해 있어, 상업과 산업(섬유, 화학, 설탕제품 등)이 발달함.

2 Brescia : 이탈리아 북부에 위치한 도시, 무기 제조, 면직, 화학 산업이 활발함. 11세기에서 15세기에 걸쳐 건립된 주교관, 대성당, 시 청사 등이 유명하고, 11세기에서 13세기까지는 자유도시였음.

릴게요. 국사에 관해서는 두려워 마셔요, 오히려 시장님 자신의 일을 염려하셔요. 그러고 말고요, 말씀드리자면 당신은 이상한 분이셔요. 전혀 이해할 수가 없어요. 저를 사랑하시면서 부인을 질투하시다니요!

안젤로 나는 자네에게도 질투가 난다네, 티스베.[3]

라 티스베 맙소사! 저에게 그런 말씀 마셔요. 게다가 그런 말씀하셔서도 안 되고요. 전 당신의 소유물이 아니니까요. 제가 여기서 당신의 정부情婦로, 당신을 쥐락펴락하는 정부로 통할지 몰라도, 그렇지 않다는 것을 잘 아시잖아요.

안젤로 오늘 축제가 훌륭하네, 티스베.

라 티스베 저는 보잘것없는 배우에 지나지 않아요. 지체 높으신 분들께 향연을 열어 드리도록 명을 받고서, 주인님을 기쁘게 해 드리려고 애썼지만 오늘은 거의 성공을 못했어요. 당신의 안색이 제가 쓰고 있는 검은 가면보다 더 어두운 걸요. 램프와 횃불을 아무리 밝혀도 당신의 안색은 여전히 그늘져 있어요. 음악을 들려 드려도 즐거워하시질 않으시고요. 시장님, 부디 조금만 웃어 주세요.

---

3 시장 안젤로는 아내와 情婦에게 똑같이 vous와 madame이라는 호칭을 쓰지만, 우리의 정서에 맞게 구별하기 위해, 정부 라 티스베의 경우 vous를 자네로, madame을 고유명사로 바꾸었음.

안젤로 그래, 웃지. — 자네와 함께 파도바에 온 저 젊은이는 동생이라고 말하지 않았던가?

라 티스베 예, 그런데요?

안젤로 조금 전에 그와 얘기를 나누고 있기에 물어봤네. 그와 함께 있는 또 한 사람은 누구지?

라 티스베 동생의 친구예요, 아나페스토 갈레오파라고, 비첸차[4] 사람이에요.

안젤로 동생의 이름은?

라 티스베 로돌포예요, 시장님, 로돌포라구요. 이미 스무 번도 더 말씀드렸어요. 좀 더 상냥한 얘기는 들려주실 것이 없나요?

안젤로 미안하네, 티스베, 더 이상 묻지 않겠네. 어제 자네의 로스몬다[5] 연기는 우아하고 훌륭했어. 자네 덕분에 이 도시가 무척 행복해 하고 있다는 사실을 알고 있는가? 온 이탈리아가 자네를 찬미하고 있고, 자네가 그토록 측은하게 여기는 이 파도바

---

4 Vicence(Vicenza) : 이탈리아 동북쪽, 파도바 서쪽에 위치한 철도교통 중심지. 전기, 기계 산업중심 도시, 16세기 파도바 출신의 유명한 건축가 Palladio(파도바1508~비첸차1580)에 의해 설계된 궁전, 대저택, 대성당, 극장 등이 도시의 경관을 아름답게 꾸며주고 있다. 바르셀로나가 가우디의 건축물로 유명하듯이 비첸차는 팔라디오의 건축물로 유명하다.

5 전설처럼 널리 퍼져있던 12세기 후반 영국 왕 헨리 2세(Henry II)와 왕비 엘레오노르(Eleonor), 애인 로스몬다(Rosmonda)의 삼각관계 로맨스를 소재로 Donizetti가 지은 멜로드라마 및 오페라 〈영국의 로스몬다(Rosmonda d'inghilterra)〉의 비련의 여주인공. 1834년 2월 27일, 피렌체의 페르골라 극장(Teatro della Pergola)에서 초연됨. 로스몬다와 라 티스베의 운명이 비슷한 양상으로 끝나는 점이 매우 흥미롭다.

시민들을 부러워하고 있다네, 티스베. 자네에게 박수갈채를 보내는 군중들 때문에 괴로워. 많은 사람들이 자네를 아름답다고 할수록 나는 질투가 나서 죽을 지경이네, 아! 티스베! — 가면을 쓴 사내는 도대체 누군가? 자네가 오늘 저녁 양쪽 문 사이에서 그와 얘기를 나누던데.

라 티스베 '미안하네, 티스베, 더 이상 묻지 않겠네' 하시더니 빈 말씀이셨네요. 그 사람은, 시장님, 비르질리오 타스카랍니다.

안젤로 나의 대리인 말인가?

라 티스베 경찰 말이에요.

안젤로 그에게 원하는 것이 뭔가?

라 티스베 그걸 말씀드리고 싶지 않다고 하면 역정이 나시겠지요.

안젤로 티스베!……

라 티스베 아니에요, 말씀드릴게요. 전 착하다고요. 이야기[6]는 다음과 같아요. 시장님께서는 제가 누구인지 아시지요. 아무런 가치도 없고, 매춘부요 배우라고, 오늘은 애무하다가 내일은 버려도 상관없을 여자라고 아시지요. 언제나 무대에서만 사는 사

6 이 이야기는 라 티스베의 과거와 현재와 미래를 요약하고 있을 뿐 아니라, 작품의 주 모티브인 구리 십자가를 처음으로 소개함으로써 사실상 작품 전체를 요약하는 액자 역할을 하고 있다.

람으로 아시지요. 그런데요, 제가 아무리 보잘것없다 해도 저에게도 어머니가 계셨어요. 어머니가 계시다는 것이 어떤 것인지 아세요? 당신에게도 어머님이 계셨지요? 어린아이라는 것, 불쌍하고 연약하고 헐벗고, 비참하고, 굶주리고 이 세상에 홀로 남은 어린아이라는 것이 어떤 것인지 아시나요? 당신 곁에서, 당신 주위에서, 당신 위에서, 당신이 걸으면 걷고, 당신이 멈추면 멈추고, 당신이 울면 가만히 웃어 주는 여자가 있다고 느끼는 것이 어떤 것인지 아시나요?…… —아니에요, 아직은 그 사람이 여자라고 생각지 않아요. —거기 있는 사람은 천사예요. 당신을 바라보고, 당신에게 말하는 법과 웃는 법과 사랑하는 법을 가르쳐 주는 천사예요! 당신의 손가락을 자신의 손으로 감싸고, 당신의 몸을 자신의 무릎으로 감싸고, 당신의 영혼을 자신의 가슴으로 품어서 따뜻하게 녹여주는 천사라고요! 어릴 때는 젖을 주고, 자라면 자기가 먹을 빵을 주고, 언제나 자신의 생명을 내주는 천사예요! 당신은 그녀를 나의 어머니라고 부르고, 그녀는 당신을 나의 아가라고 불러요. 하느님도 기뻐하실 정도로 달콤하게 이 두 말을 사용하죠! —그래요, 이런 어머니가 저에게도 있었어요, 저에게도요. 어머니는 남편이 없는 불쌍한 여자였어요. 브레시아의 광장에서 모를라크의 노래[7]를 부르곤 했어요. 저는 어머니와 함께 다녔고요. 사람들은 동전 몇 푼씩을 던져 주곤 했지요. 저의 인생은 이렇게 시작됐어요. 어머니는 보통 가타멜라타 동상[8] 아래에서 지냈어요. 어느 날 어머니가 뜻도 모르고 부르던 노래 속에 베네치아 의회를 모독하는 후렴 몇 구절이 들어 있었나 봐요. 마침 주변에 있던 외교사절단들이 그 노래를 듣고 웃음을 터뜨렸어요. 어떤 상원의원이 지나가다가 그 광경을 보고, 듣더니, 그를 수행하던 키가 큰 대위에게 '저 여자를 교수형에 처하라!'고 말했어요. 베네치아라는 나라에서 이 말은 곧바로 실행에 옮겨지지요. 어머니는 즉시 체포되었어요. 아무 말씀도 안 하셨어요. 말해 본들 무슨 소용이 있었겠어요? 눈물을 흘리며 저를 안아 주셨는데 굵은 눈물방울이 저의 이마에 떨어졌어요. 십자가를 들고 포박을 당하셨어요. 아직도 그 십자가가 눈에 선해요. 반짝이는 구리 십자가였어요. 저의 이름 티스베가 아래쪽에 칼끝으로 거칠게 새

---

7 chansons morlaques : 발칸반도 지방에 흩어져 살던 발라키인들(les Valaques)이 12세기 이후 슬라브족과 터키인들에게 쫓겨 아드리아 해변(특히 오늘날의 크로아티아 해변)에 흩어져 방랑 생활을 하던 사람들을 모를라크인이라 지칭하고, 그들이 부르던 목가적인 노래가 chansons morlaques임.

8 가타멜라타(Gatta-Melata)는 12세기 후반부터 13세기 전반에 걸쳐 활약한 베네치아의 용병대장으로, 비스콘테가와의 전투에서 베네치아를 승리로 이끄는 등, 많은 공적을 세웠다. 이탈리아 피렌체 출신의 르네상스 시대 조각가 도나텔로(Donato di Niccolò di Betto Bardi, 1386년경~1466년)가 가타멜라타의 공적을 기리기 위해 만든 이 청동 기마상은 파도바의 성 안토니오 성당 앞 광장에 있어 오늘날 관광명소가 되어 있다.

겨져 있었죠. 저는 그때 열여섯 살이었고요. 저는 어머니를 포박하는 사람들을 보면서 꿈속에서처럼 말도 못하고, 소리도 못 지르고, 울지도 못하고, 움직이지도 못하고, 얼어붙어 있었고, 죽은 것 같았어요. 군중들도 마찬가지였죠. 그런데 그 상원의원 곁에 한 어린 소녀가 있었어요. 상원의원이 소녀의 손을 잡고 있었죠, 틀림없이 그의 딸이었을 거예요. 그 소녀가 갑자기 어머니를 불쌍하게 여겼나 봐요. 예쁜 소녀였다고요, 시장님. 참으로 귀여운 아이였어요! 그녀는 상원의원의 발아래 엎드려서 너무나 아름다운 눈으로 애원하면서 눈물을 흘리면서 얼마나 슬프게 울었던지, 마침내 어머니는 용서를 받게 되었어요. 어머니가 풀려났을 때 십자가를 잡으시고는 — 저의 어머니께서요 — 그 예쁜 소녀에게 그걸 주시면서 이렇게 말씀하셨어요. "아가씨, 이 십자가를 지니고 계십시오. 이것은 아가씨에게 행운을 가져다 줄 것입니다!" 그 이후로 어머니는 천국으로 가시고, 저는 부자가 되었어요. 그래서 그 소녀, 어머니를 구해 준 그 천사를 다시 만나고 싶어요. 누가 알겠어요? 그녀가 지금은 불행하게 되었을는지요? 어쩌면 이번에는 그녀가 저를 필요로 할지도 모르잖아요. 제가 가는 도시마다 저는 그곳의 경찰이나 경찰서장이나 경찰 직원을 만나면, 이 이야기를 들려주고, 제가 찾고 있는 여자를 발견하는 사람에게는 금화 만 체키노[9]를 주겠다고 이야기하지요. 바로 이런 이유로 조금 전에 양쪽 문 사이에서 경찰서장 비르질리오 타스카에게 말을 한 거였어요. 이제 궁금증이 풀어지셨나요?

안젤로 금화 만 체키노라고! 하지만 자네가 그 여자를 다시 찾게 되면 그녀에게는 무엇을 줄 건가?

라 티스베 저의 생명을 주겠어요, 그녀가 원한다면요.

안젤로 하지만 무엇으로 그녀를 알아볼 건데?

라 티스베 어머니의 십자가로 알아볼 거예요.

안젤로 체! 그걸 잃어버렸을 수도 있지 않은가.

라 티스베 오! 아니에요. 그렇게 얻은 것은 잃어버릴 리가 없어요.

안젤로 (오모데이를 보면서) 티스베! 티스베! 저기 사람이 있네, 저기 사람이 있다는 사실을 알고 있었는가? 저 사람은 도대체 누구지?

라 티스베 (웃음을 터뜨리면서) 예, 맙소사! 저기 사람이 있다는

---

9 이탈리아와 근동 지역에서 1차 세계대전 전까지 통용되던 금화를 이르는 보통 명사로, 화폐단위로는 두카토(ducato)로 불렸다. 1두카토는 순금 약 3.5g에 해당하는 동전으로 1284년부터 1797년까지 약 500년 동안은 그 형태가 바뀌지 않았다. 1554년에서 1559년 사이에 베네치아 공화국에서 사용하던 두카토를 한시적으로 체키노(zecchino)라고 불렀다. 작품 속에서 두카토와 체키노를 혼용하고 있는데, 시대적 배경이 1549년으로 명시된 것을 보면 착오가 아닐까 여겨진다.

것도, 그가 단잠에 빠져 있다는 것도 알고 있어요. 저 사람 때문에 또 놀라시지는 않을 테지요? 저 사람은 저의 오모데이랍니다.

안젤로 오모데이라니! 오모데이가 뭐야?

라 티스베 시장님, 티스베가 여자이듯이 저 사람은 남자라고요. 기타연주가예요. 저의 친구들 중에서도 고매하신 성 마르코 성당 성가대장님이 최근에 저 사람을 시켜 저에게 편지를 보내왔어요. 편지 보여 드릴게요. 지독한 질투심이군요. 편지와 함께 선물도 보내 주셨어요.

안젤로 무슨 선물을?

라 티스베 진짜 베네치아 산 선물인데요. 검은색과 흰색의 작은 병 두 개만 들어 있는 상자였어요. 흰 병에는 수면제가 들어 있는데 효력이 매우 강해서 12시간 동안 죽음과도 같은 잠을 자게 한대요. 검은 병에 들어 있는 독은 말라스피나가 알로에 환약에 넣어 교황에게 먹였던 그 끔찍한 독이래요. 당신도 아시지요? 이용할 기회가 있을지도 모른다면서 성가대장님께서 적어 보내 주셨어요. 아시다시피 저의 환심을 사려는 거라고요. 더구나 존경하올 성가대장님께서 미리 알려 주신 바로는, 편지와 선물을 들고 온 저 불쌍한 사람은 바보라는군요. 그는 보름 전부터 이곳에 와 있어요, 당신도 틀림없이 보셨을 거예요. 밥은 하인들의 식당에서 먹고, 잠은 발이 닿는 곳이면 아무 데서나 마음대로 자고,

기타 연주도 하고 노래도 부르면서 비첸차로 돌아갈 날을 기다리는 중이에요. 그는 베네치아 출신이에요. 딱하기도 하지! 저의 어머니도 저렇게 떠돌아다녔죠. 그가 원하는 동안은 거두어 주려고요. 오늘 저녁에는 한동안 손님들의 흥을 돋우어 주더니, 축제가 시들한지 잠만 자네요. 사연이라야 이렇게 단순한 거예요.

안젤로 저 사람 얘기를 하는 건가?

라 티스베 자, 웃고 싶으시군요! 잠들어 있는 얼간이 기타 연주가를 깨워 볼까요? 그의 겁에 질린 노래를 들을 수 있는 좋은 기회가 될 거예요! 그런데 시장님, 어찌된 일이에요? 이 사람 저 사람에 대한 질문으로 세월을 보내실 건가요? 모든 사람을 의심하시는군요. 질투심이에요, 두려움이에요?

안젤로 둘 다일세.

라 티스베 질투라면 이해할 수 있어요. 두 여자를 감시해야 한다고 생각하실 테니까요. 하지만 두려움이라니요! 지배자인 동시에 모든 사람들을 두려움에 떨게 하는 시장님께서 오히려 두려워하시다니요!

안젤로 두려움에 떠는 첫 번째 이유를, (그녀에게 다가가서 음성을 낮추고) — 들어 보게, 티스베. 그러네. 난 자네가 말했듯이 이곳에서 무엇이든 할 수 있네. 이 도시의 주인이고, 독재자이고 최고 권력자니까. 베네치아가 파도바에 파견한 시장이오, 영양을 덮치고 있는 호랑이 발톱이라고나 할까. 그렇지. 전권을 쥐고 있지. 그러나 비록 내가 절대권자이기는 하지만, 나의 상부에는 거대하고 무시무시한, 어둠으로 가득 찬 무언가가 있다네. 베네치아가 있단 말이네. 귀여운 티스베, 베네치아가 무엇인지 아는가? 내 말해 주지. 베네치아는 국가의 사찰기관이야. 10인 위원회[10]라고. 오! 10인 위원회란 말이네! 목소리를 낮추어 얘기하세. 티스베, 어쩌면 저기 어디에선가 우리를 엿듣는 사람이 있을지도 모르니까. 우리는 그들을 몰라도, 그들은 우리를 속속들이 알고 있네. 연회장에서는 그들이 보이지 않아도 교수대라면 어디든 그들이 보이지. 그들은 모든 사람들의 목숨을, 자네도 나도 심지어 총독의 목숨까지 쥐고 있네. 그들은 긴 법복을 입지도 않았고, 영대를 두르지도 않았고, 관을 쓰고 있지도 않아서 '저 사람이다' 하고 말할 수 있는 것은 아무것도 없네. 눈으로 식별할 수 있는 것은 아무것도 없단 말이네. 기껏해야 그들의 옷 아랫단에 수놓

---

10 10인 위원회(Consiglio dei Dieci : conseil des Dix) 또는 줄여서 10인회(i Dieci)는 1310년부터 1797년까지 존재했던, 대체로 비밀스러운 활동을 하던 베네치아 공화국의 정치조직 중 하나이다. 바야몬테 티에폴로가 도제를 상대로 일으킨 반란을 진압할 일시적인 목적으로 1310년 7월 10일에 만들어졌으며, 이 사태를 진정시키기 위한 특권이 주어졌다. 원래는 두 달간 한시적으로 설치되었지만, 사태가 진정된 후에도 해체되는 대신 권한이 지속적으로 갱신되면서 1334년에는 영구 기관이 되었다. 위원회는 공식적으로는 베네치아 시의회에서 1년마다 선출한 10명의 위원으로 구성되었고, 연임이 불가능했으며 동시에 같은 가문 출신의 사람들이 선출될 수도 없었다.

은 수수께끼 같은 표시가 고작이지. 방방곡곡에서 밀정이나 경찰이나 사형 집행인 행세를 하고 있어. 그들이 베네치아 민중들에게 보여 주는 모습이란, 성 마르코 성당 현관 아래에 청동으로 만들어 놓은, 언제나 쩍 벌리고 있는 음흉한 입[11]뿐이라네. 사람들이 벙어리라고 믿고 있지만, 실은 운명을 좌우하는 그 입은 쩌렁쩌렁하고 무시무시하게 말을 한다네. 지나가는 모든 사람들에게 '고발하시오'라고 외치기 때문이지. 일단 고발당하면 체포되고, 체포되면 말 다한 거네. 베네치아에서는 모든 것이 비밀리에, 쥐도 새도 모르게, 확실하게 처리되지. 형이 선고되면 바로 집행이야. 볼 것도 없고 말할 것도 없고, 소리를 지를 수도 없고, 애원의 눈길도 소용없어. 수형자는 입마개를, 사형 집행인은 가면을 쓸 뿐이네. 내가 방금 교수대에 관해서 뭐라고 말하던가? 잘못 말했네. 베네치아에서는 사람들이 교수대에서 죽는 것이 아니라 그냥 사라질 뿐이네. 가족 중에 한 사람이 없어졌다면 어떻게 되었겠는가? 사연을 아는 자는 납덩이와 우물과 오르파노 운하[12]뿐

---

11 사자의 입(Bouche de Lion, Bocca di lione; Boche de leon) : 베네치아 도시 부근과 특히 두칼레 궁전(Palazzo Ducale)과 부근에 설치했던 탄원서 함. 외부 형태가 베네치아를 상징하는 동물인 성 마르코의 사자 얼굴로 조각되어 사자의 입이라고 부름. 사적, 공적 비리를 사법기관에 미리 알리기 위해 설치됨. 그 내용은 국가의 안전에 관한 특별 재판에서 중요한 기능을 발휘했고 따라서 국가의 사찰기관에서 주로 이용하였음. 특히 10인 위원회를 공포의 대상으로 만드는 원인이 됨.

12 말라모코(Malamocco) 항 입구에서 베네치아에 이르는 항로의 일부. 19세기까지는 베네치아

이라네. 밤이면 가끔씩 물속으로 무언가 떨어지는 소리가 들릴 때가 있지. 그때는 빨리 지나쳐야 하네. 게다가 무도회, 향연, 횃불, 음악, 곤돌라, 연극, 다섯 달 동안의 가장무도회, 이런 것들이 베네치아일세. 아름다운 배우인 자네는 이런 면만 알겠지만, 상원의원인 나는 그 이면을 알고 있네. 모든 궁전에는, 총독 관저와 나의 관저에도 모든 거실과 침실과 규방을 호시탐탐 감시하는 비밀 통로가 있는데, 정작 그곳에 살고 있는 사람은 그것이 어디 있는지 모른다네. 출구가 어딘지도 모르는 그 캄캄한 비밀 복도에 들어가면 자신이 정확하게 어디 있는지 모르는 채로 그냥 주변을 맴돌고 있는 것처럼 느낄 뿐이지. 수수께끼 같은 지하도에서는 미지의 사람들이 무엇을 하는지 쉴 새 없이 왕래하고 있네. 개인적인 복수가 이 모든 것에 섞여서 암암리에 진행되곤 하지. 가끔 밤중에 앉아 있다가도 벌떡 일어나 귀를 기울여보면, 벽 속에서 사람들의 발자국 소리가 들린다네. 나는 이런 정신적인 압박을 받으며 살고 있네, 티스베. 나는 파도바에 군림하고 있지만, 사실은 베네치아가 나의 머리 위에 있네. 파도바를 억압하는 것이 나의 임무일세. 공포의 존재가 되라는 명을 받았지. 폭군이 되는 조건으로 독재자가 되었네. 누구를 위해서건 나에게 용서를

로 큰 배가 드나들 수 있는 유일한 운하였음.

부탁하지는 말게. 나는 자네의 청을 거절할 수 없을 테니, 결국은 나를 죽이게 될 거네. 마음대로 벌할 수는 있어도 용서는 불가능하네. 이런 상황이니 파도바의 폭군인 동시에 베네치아의 노예인 셈이야. 나는 이렇게 철저히 감시받고 있다네. 오! 10인 위원회여! 지하 창고에 일꾼을 불러 자물쇠를 만들게 해 보게. 자물쇠를 다 만들기도 전에 10인 위원회의 주머니 안에는 열쇠가 들어가 있을 거네. 티스베! 티스베! 나의 시중을 드는 하인도, 나에게 인사하는 친구도, 나의 고백을 듣는 사제도, 나에게 사랑을 속삭이는 여자도 나를 염탐하고 있는 실정이라네.

라 티스베　아, 시장님!

안젤로　자네는 나를 사랑한다고 말한 적이 한 번도 없었으니, 자네 이야기를 하는 것이 아닐세, 티스베. 다시 말하지만 나를 바라보는 모든 것은 10인 위원회의 눈이요, 나의 말을 듣는 모든 것은 10인 위원회의 귀요, 나를 만지는 모든 것은 10인 위원회의 손이라네. 그 무서운 손은 처음에는 오랫동안 더듬다가 갑자기 움켜잡지. 오! 나는 얼마나 멋진 시장인가! 내일 하찮은 경찰이 느닷없이 나의 침실에 들이닥쳐서 그를 따라오라고 말하면, 그가 아무리 보잘것없는 경찰일지라도 따라가야 하네. 언제든 이런 사태를 겪지 않으리라는 보장이 없다는 말이네. 어디로 가느냐고? 어딘가 깊숙한 곳에 나를 데려다 놓고, 그는 혼자서만 다시 나가겠지. 티스베, 베네치아 출신이라는 것은 실에 매달려 있는 것과 같네. 티스베, 여기서 파도바라고 불리는 뜨거운 도가니 위로 몸을 굽히고 있는 나의 지위는 암울하고 가혹한 지위라네. 나는 얼굴에는 언제나 가면을 쓰고, 기회를 노리는 자들과 경계하는 자들과 공포에 떠는 자들에 둘러싸여, 폭군으로서의 일상직무를 보면서도 무슨 일이 터질까 봐 끊임없이 두려워하고 있네. 마치 연금술사가 자신이 만든 독 때문에 죽듯이, 내가 행한 업무 때문에 뻣뻣한 송장이 되어 나갈까 봐 매 순간 떨어야 하네. 티스베, 왜 떠는지는 묻지 말고 나를 불쌍하게 여겨 주게!

라 티스베 맙소사! 사실상 시장님의 지위가 너무나 소름끼치는 지위군요.

안젤로 그렇다네. 나는 하나의 민중이 다른 민중을 핍박하는 데 쓰이는 도구라네. 이런 도구들은 신속하게 이용되고 흔히 부서져버리지. 티스베. 아! 나는 이렇게 불행해. 세상에서 나에게 다정한 사람은 오직 하나, 자네뿐이야. 하지만 자네가 나를 사랑하지 않는다는 것은 분명히 느끼고 있네. 설마 나 아닌 다른 사람을 사랑하는 것은 아니겠지?

라 티스베 아니에요, 아니에요, 진정하세요.

안젤로 그 아니란 말 잘못하는 거 아닌가.

라 티스베 맹세컨대 저는 제가 할 수 있는 만큼만 말해요.

안젤로 아! 나의 소유물이 되지 않아도 좋아. 그 점은 용인하지. 하지만 다른 사람의 소유물도 되지 말게. 티스베, 나는 도저히 용납이 안 되네, 다른 사람이…….

라 티스베 이런 식으로 저를 바라보실 때, 그 모습이 얼마나 멋있는지를 아신다면!

안젤로 아! 티스베, 언제쯤이면 나를 사랑해 주겠는가?

라 티스베 이곳에 있는 모든 사람들이 시장님을 사랑하면요.

안젤로 애석하지만 상관없네. 파도바에 머물러 있게. 자네가 파도바를 떠나는 것은 원치 않아. 알겠는가? 자네가 가버리면 나의 삶도 끝날 거야. 저런! 누군가 우리에게 오고 있네. 이미 오래 전부터 우리가 함께 이야기하는 것을 보고 있었을지 모르지. 자칫하면 의심할 구실을 베네치아에 줄 수도 있을 테니 그만 가 보겠네. (멈추어 서서 오모데이를 가리키면서) 저 사람에 관해서 대답한 적이 있었나?

라 티스베 저기서 자고 있을 어린 아이처럼 또 물으시는군요.

안젤로 자네 동생이 오는구먼. 이제 가 보겠네.

(그가 나간다.)

— 제2장 —

라 티스베, **로돌포**(검은 복장, 엄숙한 표정, 모자에 검은색 깃털을 꽂고 있다), **오모데이**(여전히 자고 있다.)

라 티스베 아! 로돌포다, 로돌포! 어서 와. 사랑해, 너를. (안젤로가 나간 쪽을 돌아보면서) 아니에요, 어리석은 폭군 같으니라고! 동생이 아니라 애인이에요. — 어서 와, 로돌포. 나의 용감한 병사, 추방되었지만 고귀한 사람, 점잖기도 하지. 나를 정면으로 봐 줘. 아름다워라. 사랑해!

로돌포 티스베…….

라 티스베 넌 왜 파도바에 오자고 했니? 우린 함정에 빠진 것 같아. 이젠 파도바에서 나갈 수가 없게 되었어. 넌 어딜 가나 나의 동생으로 통해야만 하고. 저 시장님은 너의 티스베에게 완전히 반해서 우릴 붙잡고 놓아주려고 하질 않아. 네가 누구인지를 알게 될까 봐 겁이 나 죽겠어. 아! 이 무슨 형벌이람! 그래도 상관없어. 그 폭군은 나를 털끝만큼도 갖지 못할 테니까, 그 점은 너도 확실히 믿지, 로돌포? 하지만 네가 그 점을 불안하게 여겨줬으면 싶기도 해. 무엇보다 질투 좀 해 줬으면 좋겠다고.

로돌포 당신은 고상하고 매력적인 여인이오.

라 티스베 그건 내가 너를 질투하기 때문이야. 내가 질투하고 있다고! 저 안젤로 말리피에리, 저 베네치아 사람도 질투한다고 했어. 그는 자신이 질투심에 빠져 있다고 상상하면서 무엇이든 질투에 연결시켜. 그는 질투만 하면 베네치아도, 10인 위원회도, 경찰들도, 밀정들도, 오르파노 운하도 눈에 보이지 않는지 오로지 질투 타령뿐이야. 로돌포, 나는 네가 다른 여자들과 얘기하는 모습을 못 보겠어. 그녀들과 얘기하는 것만 봐도 마음이 아파. 그녀들이 무슨 권리로 너에게 말을 건네지? 오, 연적이라니! 나에게 연적 따윈 만들지 말아 줘. 내가 죽여 버릴 거야. 사랑해! 넌 내가 사랑한 유일한 남자야. 나의 인생은 오랫동안 슬펐지만 이젠 환하게 빛나고 있어. 네가 나의 빛이야. 너의 사랑은 나의 머리 위로 떠오르는 태양이고. 다른 남자들은 나를 얼어붙게 만들었거든. 10년 전에 왜 너를 몰랐을까? 얼어붙었던 나의 심장 한 조각 한 조각들이 다시 살아나는 것 같아. 한순간만이라도 우리 둘이서만 얘기할 수 있다면 얼마나 좋을까! 무엇에 홀려 파도바에 왔을까! 이렇게 심한 구속을 받으며 살아야 하다니! 로돌포, 그나마 네가 나의 애인이라는 것이 얼마나 다행인지 몰라. 물론 동생이기도 하지만. 내 마음대로 너와 얘기를 할 수 있으니 미치도록 기뻐. 보다시피 나 미쳤나 봐. 넌 나를 사랑하니?

로돌포 누가 당신을 사랑하지 않을 수 있겠어요, 티스베?

라 티스베 아직도 나에게 존댓말을 하다니 화낼 거야! 맙소사, 손님들에게 내 모습을 잠시 보여줘야 해. 얼마 전부터 너의 표정이 슬퍼 보여. 말해 봐. 슬픈 거야?

로돌포 아뇨.[13]

라 티스베 힘들어?

로돌포 아뇨.

라 티스베 질투하는 거야?

로돌포 아뇨.

라 티스베 질투 좀 해 봐. 네가 질투 좀 해 줬으면 좋겠어. 질투하지 않는 건 나를 사랑하지 않기 때문이야. 자, 슬퍼하지 마. 그런데 사실 넌 불안하지 않니? 네가 내 동생이 아니라는 사실을 여기선 아무도 모르겠지?

로돌포 아나페스토 외엔 아무도.

라 티스베 네 친구 말이지. 그 사람이라면 믿을 수 있어. (아나페스토 갈리오페가 들어온다.) 그도 양반은 못되나 봐, 마침 저기 오네. 잠시 동안 그에게 너를 맡겨 둬야지. (웃으면서) 아나페스토

---

13 연인 간에 상대방을 지칭하는 당신(vous)과 너(tu)의 사용은 상호간에 느끼는 친밀도를 알려주는 지표가 된다. 로돌포를 사랑하는 티스베는 '너'를 쓰지만 그녀를 전혀 사랑하지 않는 로돌포는 시종 '당신'을 고수한다. 티스베가 이러한 로돌포의 태도에 불만을 표시하자 로돌포는 아예 주어가 없는 짧은 단어로만 대답해서 사태를 얼버무린다.

씨, 로돌포가 다른 여자에게 한눈팔지 않도록 지켜봐 주세요.

아나페스토 안심하십시오, 부인.

(라 티스베는 나간다.)

— 제3장 —

로돌포, 아나페스토 갈레오파, 오모데이(여전히 자고 있다.)

아나페스토 (라 티스베가 나가는 것을 보면서) 오! 매력적인데! — 로돌포, 자넨 행복한 놈이야. 티스베가 자넬 사랑하고 있어.

로돌포 아나페스토, 난 행복하지 않아. 그녀를 사랑하지 않아.

아나페스토 뭐라고? 무슨 소리야?

로돌포 (오모데이를 보면서) 저기서 자고 있는 사람은 뭐지?

아나페스토 아무것도 아냐. 별 볼일 없는 음악가, 알잖아?

로돌포 아, 그래, 그 얼간이구나.

아나페스토 티스베를 사랑하지 않는다니, 그게 가능해? 방금 뭐라고 말했는가?

로돌포 내가 그런 말을 하던가? 그런 건 잊어버리게.

아나페스토 라 티스베! 매혹적인 여자야!

로돌포 매혹적인 건 사실이지만 그녀를 사랑하진 않네.

아나페스토 어떻게 그럴 수가!

로돌포 묻지 말게.

아나페스토 나, 자네 친구야!

라 티스베 (돌아와서 웃으며 로돌포에게 달려간다.) 한마디만 더 하고 싶어 되돌아왔어, 사랑해. 이제 갈게.

(그녀는 달려 나간다.)

아나페스토 (그녀가 나가는 걸 바라보면서) 불쌍한 티스베!

로돌포 나의 인생 깊은 곳에는 나만 아는 비밀이 하나 있네.

아나페스토 언젠가는 이 친구에게 털어놓겠지? 오늘 몹시 우울해 보이네, 로돌포.

로돌포 그래. 잠시 혼자 있게 해 주게.

(아나페스토는 나가고 로돌포는 문 곁에 있는 돌 벤치에 앉아 두 손에 머리를 떨어뜨린다. 아나페스토가 나가자 오모데이가 눈을 뜨고 일어나더니 몽상에 잠겨있는 로돌포 뒤로 천천히 걸어가서 선다.)

— 제4장 —

로돌포, 오모데이(오모데이가 로돌포의 어깨 위에 손을 얹는다. 로돌포는 몸을 돌려 멍하니 그를 바라본다.)

오모데이 당신 이름은 로돌포가 아니라 에첼리노 다 로마노지요. 당신은 파도바를 지배하다가 거기서 200년 전에 추방당한 오래된 가문의 후손이지요. 가명을 쓰면서 이 도시 저 도시를 방황하다가 베네치아에서는 자주 죽을 고비를 넘기기도 했고요. 7년 전 당신이 스무 살 때, 바로 그 베네치아에 있는 산 조르조 마조레 성당에서 어느 날 매우 아름다운 소녀를 보았지요. 당신은 그녀를 뒤쫓아가진 않았어요. 베네치아에서 여자를 쫓아간다는 것은 칼 맞을 일을 자초하는 셈이니까요. 그러나 당신은 틈만 나면 그 성당에 다시 갔고, 소녀도 그러했지요. 당신은 그녀에게, 그녀는 당신에게, 서로 사랑에 빠져버렸어요. 당신은 그녀의 성도 모르는 채로, 왜냐하면 옛날에도 몰랐고 지금도 모르니까, 그녀를 그냥 카타리나라고 부르면서 편지할 방법을 궁리했고, 그녀는 당신에게 답장 쓸 방법을 모색했지요. 그러다가 그녀는 라베아트 세실리아라는 여자의 집에서 여러 번 당신을 만나 주었어요. 그녀와 당신 사이의 격렬한 사랑이란 이 정도였죠. 그녀는 여전히 순결한 채로 남아 있었으니까요. 당신이 그 소녀에 관해 아는 것이라고는 그녀가 귀족이라는 것뿐이었지요. 베네치아의 귀족은 그곳의 귀족이나 왕족이 아니면 결혼할 수가 없는 법이죠. 당신은 베네치아 사람도 아닐뿐더러 이젠 왕족도 아니고, 게다가 추방당한 처지라 결혼은 꿈도 못 꾸었어요. 어느 날 그녀는 만남의 장소에 나오지 않았고, 라 베아트 세실리아를 통해 그녀의 결혼 소식을 알게 되었어요. 설상가상으로 당신은 그녀의 성뿐 아니라 남편의 성도 알지 못했죠. 그날 이후로 당신은 베네치아를 떠나, 온 이탈리아를 떠돌며 사랑을 피해 다녔지만, 사랑이 줄곧 당신을 쫓아 왔어요. 쾌락과 타락과 만행과 악행에 몸을 던져 봐도 소용이 없었고, 다른 여자들을 사랑하려고도 해 봤고, 예컨대 배우 티스베와 같은 여자를 사랑한다고 믿기도 했지만 여전히 부질없는 짓이었어요. 언제나 옛 사랑이 새로운 사랑 아래에서 되살아났으니까요. 석 달 전에 당신은 티스베와 함께 파도바에 왔고, 그녀는 당신을 동생이라고 소개했으며, 안젤로 말리피에리 시장님이 그녀에게 반해 버렸어요. 그런데 당신에게는 다음과 같은 일이 일어났어요. 어느 날 저녁, 2월 16일이었죠, 베일을 쓴 한 여인이 몰리노 다리 위에서 당신 곁을 지나다가 당신의 손을 잡고 산 피에로 거리로 데려갔어요. 그 거리에는 당신의 조상인 에쩰리노 3세가 허물어뜨린 옛 마가루피 궁전의 폐허가 있고, 그 폐허에 작은 오두막이 있는데, 거기에서 당신은 7년 전부터 서로 사랑하고 있는 그 베네치아 여인을 다시 만난 거예요. 그날 이후로 당신들은 그 오두막에서 매 주 세 번씩 만났죠. 그녀는 자신의 사랑과 명예에 똑같이 충실했기에, 당신과 남편에게도 똑같이 순결을 지켰어요. 게다가 여전히 자신의 성을 숨겼기 때문에 당신은 그녀가 카타리나라는 것 외에는 아무것도 알 수가 없었죠. 달포가 지났을 무렵 당신의 행복은 갑자기 깨어져 버렸어요. 어느 날 갑자기 그녀가 오두막에 나타나지 않았거든요. 5주 전부터 당신은 그녀를 보지 못했죠. 남편이 그녀를 의심해서 가두어 버렸기 때문이에요.—벌써 아침이군요. 곧 해가 뜨겠어요. —당신이 사방으로 그녀를 찾아봐도 못 찾았듯이 앞으로도 결코 못 찾을 겁니다.—오늘 저녁에 그녀를 만나 보고 싶지 않나요?

로돌포 (그를 뚫어지게 바라보면서) 당신 누구요?

오모데이 아, 질문이라? 대답하지 않겠습니다. 질문한다는 것은 오늘 그 여인을 보고 싶지 않다는 뜻인가요?

로돌포 아니요, 아니오. 그녀를 봐야 하오. 그녀를 보고 싶소. 하늘에 맹세코 한순간이나마 그녀를 다시 보고 죽고 싶소.

오모데이 그렇다면 그녀를 만나 보시오.

로돌포 어디에서?

오모데이 그녀의 집에서요.

로돌포 하지만 그녀라니요, 말해 주시오. 그녀는 누구요? 그녀의 성은?

오모데이 그런 건 아무것도 모릅니다. 오늘 저녁, 달이 뜰 때

— 자정이 더 간단하겠군요. — 산토 우르바노 가에 있는 알베르토 다 바오네씨 저택의 모퉁이에 서 계십시오. 내가 그곳으로 가서 당신을 안내하겠어요. 자정에 봅시다.

로돌포 고맙습니다! 당신이 누구신지 말해 주지 않겠습니까?

오모데이 내가 누구냐고요? 얼간입니다.

(그는 나간다.)

로돌포 (혼자 남아서) 저 사람 뭐야? 아, 무슨 상관이람? 자정이라, 자정! 지금부터 자정까지 얼마나 먼데! 오! 카타리나! 그가 나에게 약속한 시간을 위해서라면 목숨도 내주고 싶구나!

(티스베가 들어온다.)

— 제5장 —

로돌포, 라 티스베

라 티스베 또 왔어, 로돌프, 안녕! 널 보지 않고 오래 있을 수가 없었어. 너와 떨어져 있기 싫어. 어디든지 너를 따라갈 거야. 너를 통해서 생각하고 싶고 살고 싶어. 난 네 몸의 그림자고 넌 내 몸의 영혼이야.

로돌프 조심해, 티스베. 나의 가문은 치명적인 가문이야. 우리를 억누르는 하나의 예언이 있는데, 대대로 피할 수 없이 전해지고 완성되는 운명이야. 우리를 사랑하는 사람을 죽여야 하는 운명이라고.[14]

라 티스베 그렇다면 네가 나를 죽이겠네. 그다음에는? 네가 나를 사랑하기만 한다면야!

로돌포 티스베…….

라 티스베 그다음에는 나를 위해 울어 주겠지? 나는 그 이상은 바라지 않아.

로돌포 티스베, 당신은 천사의 사랑을 받을 만한 가치가 있어요.

(그는 그녀의 손에 입 맞추고 천천히 나간다.)

라 티스베 (혼자 남아) 맙소사, 왜 저런 표정으로 나를 떠나가지? 로돌포! 가 버렸네. 도대체 무슨 일이 있었던 걸까? (벤치 쪽을 바라보다가) 아! 오모데이가 잠에서 깨났구나.

(오모데이가 무대 뒤쪽에서 나타난다.)

---

14 자신이 찾아다니던 애인의 소식을 우연히 듣고 그녀와의 재회를 앞둔 로돌포는 티스베를 멀리하기 위해 처음이자 마지막으로 그녀에게 '너'를 사용한다.

— 제6장 —

라 티스베, 오모데이

오모데이　로돌포 가문은 에쩰리노 가문이고, 방랑자는 왕자요, 바보는 현자며, 자고 있는 자는 매복하고 있는 고양이라오. 눈은 감았으되 귀는 열려 있지요.

라 티스베　저 작자가 무슨 말을 하는 거야?

오모데이　(자신의 기타를 기리키며) 이 기타에는 사람들이 원하는 대로 소리를 내는 줄이 있지요. 남자의 마음과 여자의 마음에도 마찬가지로 마음을 연주할 수 있는 줄이 있다오.

라 티스베　그게 무슨 뜻이이냐고?

오모데이　마님, 그것이 무슨 뜻인고 하니, 오늘 만약 당신이 모자에 검은 깃털을 꽂고 있는 미모의 청년을 어쩌다가 잃게 되더라도, 오늘 밤 그를 다시 찾을 수 있는 장소를 내가 알고 있다는 뜻이지요.

라 티스베　여자의 집에서?

오모데이　금발 미녀의 집에서.

라 티스베　뭐라고! 무슨 말이 하고 싶은 거야? 너 누구니?

오모데이　그런 건 아무것도 몰라요.

라 티스베 넌 내가 생각하는 것처럼 바보가 아니구나. 아! 왜 이리 되는 일이 없지! 시장님이 너를 항상 의심하시더니, 너 무서운 놈이구나. 도대체 누구냐? 너 누구냐니까? 로돌포가 여자의 집에, 바로 오늘 밤에! 네 말이 이런 뜻이지? 네가 하고 싶은 말이 이런 거야?

오모데이 아무것도 모른다고요.

라 티스베 아! 거짓말이었구나! 그럴 리가 없지, 로돌포는 나를 사랑하고 있어.

오모데이 그런 건 아무것도 모른다니까요.

라 티스베 몹쓸 것! 넌 거짓말을 하고 있어! 어떻게 저런 거짓말을 할까! 넌 내가 고용한 사람인데, 맙소사! 그렇다면 내가 적들을 데리고 있었단 말인가, 내가! 아니야, 로돌포는 날 사랑하고 있어. 날 놀라게 하려고 그러는 모양인데 그렇게는 안 될 걸. 널 믿지 않아. 네가 한 말이 아무런 효과가 없는 걸 보니 화가 나서 죽겠지.

오모데이 안젤로 말리피에리 시장님께서 걸고 계신 목걸이에 정교하게 세공된 황금 보석이 달린 것을 분명히 눈여겨보았을 거예요. 그 보석은 일종의 열쇠랍니다. 그것이 보석인 양 탐나는 척해 보세요. 그것으로 우리가 무엇을 하려는지는 말하지 말고 달라고 졸라 보세요.

라 티스베 열쇠라고 했니? 난 그걸 달라고 조르지 않을 거야. 아무것도 부탁하지 않을 거야. 배은망덕한 놈이 내가 로돌포를 의심하게 하려고 수작 부리는구나! 나는 열쇠를 원치 않아! 꺼져. 네 말 안 들어.

오모데이 마침 시장님이 저기 오시네요. 열쇠를 손에 넣게 되면, 오늘 밤에 용도를 설명해 줄게요. 15분 후에 다시 오지요.

라 티스베 몹쓸 인간 같으니라고! 도대체 넌 내 말 못 들었니? 열쇠를 원치 않는단 말이다. 난 로돌포를 믿어. 내가 믿는다고. 열쇠 따윈 관심도 없어. 시장에게 얘기도 안할 거고. 다시 올 필요 없어. 널 안 믿으니까.

오모데이 15분 후에 봅시다.

(그는 나가고 안젤로가 들어온다.)

— 제7장 —

라 티스베, 안젤로

라 티스베 아! 여기 계셨군요. 시장님. 누구 찾는 사람이 있으세요?

안젤로 그러네, 비르질리오 타스카를 찾고 있네. 그에게 할 말이 좀 있어서.

라 티스베 아니, 아직도 질투하세요?

안젤로 그렇다네, 티스베.

라 티스베 당치도 않은 말씀이에요. 질투가 무슨 소용이에요? 질투하는 사람들을 이해할 수가 없어요. 저는 반드시 질투하지 않는 사람을 사랑할 거예요.

안젤로 아무도 사랑하지 않으니까 그렇게 말하는 걸세.

라 티스베 아니에요. 저도 누군가를 사랑하고 있다고요.

안젤로 누구를?

라 티스베 당신을요.

안젤로 자네가 나를 사랑한다고? 그럴 리가? 놀리지 말게, 맙소사! 오! 방금 한 말 다시 한번 해 보게.

라 티스베 당신을 사랑해요.

(그는 기뻐 어쩔 줄 몰라 하며 그녀에게 가까이 온다. 그녀는 그가 목에 걸고 있는 줄을 잡는다.)

라 티스베 그런데, 이 보석은 도대체 뭐예요? 한 번도 제대로 알아보지 못했어요. 오! 예쁘기도 해라. 세공이 너무 멋져요. 아마 벤베누토[15]가 세공을 했나 보죠. 귀여워라! 이 보석은 여자에게 더 잘 어울리겠어요.

안젤로 아! 티스베, 자네의 말 한마디가 내 마음을 기쁨으로 충만케 하네!

라 티스베 좋아요, 됐어요. 그런데 이게 도대체 뭔지나 얘기해 주세요.

안젤로 이거? 이건 열쇠지.

라 티스베 아! 열쇠군요. 그렇구나. 이젠 궁금해하지 않을게요. 이제 알겠네요. 이걸로 문을 여는군요. 아, 열쇠였구나!

안젤로 그렇다네, 나의 티스베.

라 티스베 좋아요, 열쇠라면 원치 않아요, 갖고 계셔요.

안젤로 무슨 소리야! 이걸 갖고 싶어 했나, 티스베?

라 티스베 어쩌면요. 세공이 하도 정교해서 보석 같았거든요.

안젤로 오! 이것 받게나.

(그는 목걸이에서 열쇠를 빼낸다.)

라 티스베 싫어요. 그것이 열쇠라는 사실을 알았다면 애초에 얘기조차 꺼내지 않았을 거예요. 원치 않는다고 말씀드렸어요. 아마도 시장님께서는 쓰실 일이 있으시겠죠.

---

15 Benvenuto Cellini(1500~1571) : 피렌체 출신, 르네상스 시대의 조각가, 화가, 음악가, 군인.

안젤로 거의 쓰지 않네. 게다가 나에게는 또 한 개가 있어. 맹세컨대 이것은 자네가 가져도 되네.

라 티스베 아니에요. 이젠 탐나지 않아요. 이 열쇠로 문을 여나요? 요렇게 조그만 걸로요?

안젤로 작아도 상관없어. 이 열쇠는 비밀 자물쇠들을 위해 만들어진 것인데, 여러 가지 문을 여는 중에도 특히 침실 문을 열지.

라 티스베 정말이에요? 그렇다면 이토록 간곡하게 권하시니 받을게요.

(그녀는 열쇠를 잡는다.)

안젤로 고맙네! 이렇게도 행복할 수가 있나! 내가 주는 물건을 자네가 받아 주다니! 고맙네, 고마워!

라 티스베 사실은 베네치아 주재 프랑스 대사이신 몽뤼크 원수가 이것과 거의 비슷한 것을 갖고 계시던 것이 기억나서요. 몽뤼크 원수님을 아시지요? 지혜가 출중하신 분이잖아요? 아! 당신들처럼 급이 다른 귀족들은 대사님들과 말을 할 수 없군요. 그걸 미처 생각 못했어요. 마찬가지예요, 몽뤼크 원수는 신교도들에게 친절하지 않았어요. 일찌감치 그들은 그의 수중에 들어갔거든요. 그는 오만한 가톨릭 신자예요. — 보세요, 시장님, 저기 회랑에서 비르질리오 타스카가 시장님을 찾고 있는 것 같아요…….

안젤로 확실한가?

라 티스베 그에게 하실 말씀이 있었던 거 아니었어요?

안젤로 나를 자네 곁에서 떼어 놓다니 밉살스러운 놈이야!

라 티스베 (그에게 회랑을 가리키면서) 저쪽이에요.

안젤로 (그녀의 손에 입 맞추면서) 티스베, 그러니까 자네가 나를 사랑한다는 말이지!

라 티스베 저기에요, 저기. 타스카가 시장님을 기다리고 있어요.

(안젤로가 나가고 오모데이가 무대 안쪽에서 나타난다. 라 티스베가 그에게 달려간다.)

— 제8장 —

라 티스베, 오모데이

라 티스베 열쇠를 얻어냈어.

오모데이 어디 봅시다. (열쇠를 살펴보면서) 맞아요. 이거예요. — 시장 관저에는 몰리노 다리 쪽으로 향한 회랑이 하나 있어요. 오늘 저녁에 거기 숨어 있으세요. 가구 뒤에나 벽걸이 융단 뒤에

나 당신 좋을 대로. 새벽 두시에 그곳으로 당신을 만나러 갈게요.

라 티스베 (그에게 돈주머니를 주면서) 다음에 더 낫게 보상할 테니 우선 이거라도 받아 둬.

오모데이 좋을 대로 하세요. 하지만 내 말 끝까지 들으세요. 새벽 두 시에 봅시다. 당신을 만나러 갈게요. 이 열쇠로 열어야 할 첫 번째 문을 알려 줄게요. 그 후에 나는 떠날 거예요. 나머지는 내가 없어도 당신 혼자 할 수 있을 겁니다. 곧장 앞으로 나가기만 하면 되니까요.

라 티스베 첫 번째 문 다음에는 무엇을 찾아 갈까?

오모데이 두 번째 문이에요. 이 열쇠가 그 문도 열 거예요.

라 티스베 두 번째 다음에는?

오모데이 세 번째요. 이 열쇠가 그들 모두를 열 거예요.

라 티스베 세 번째 다음에는?

오모데이 가 보시면 알게 될 거예요.

: 둘째 날

십자가

눈부신 진홍빛 바탕에 황금색으로 장식한 화려한 침실. 왼편 모서리에 멋진 침대가 단 위에 놓여있고, 침대 위쪽으로는 나선형 기둥으로 받쳐진 천개가 있다. 천개 네 귀퉁이에 진분홍 커튼이 매달려 있어 닫히기도 하고 침대를 완전히 숨길 수도 있다. 방 모서리 오른편으로는 창문 하나가 열려 있다. 같은 쪽에 벽지로 위장된 문이 하나 있고, 그 옆에는 기도대가 있으며, 기도대 위쪽으로 반짝반짝 윤이 나는 구리 십자가 하나가 벽에 걸려 있다. 저 안쪽에 앞뒤로 여닫는 두 개의 문짝으로 된 커다란 문이 있다. 이 문과 침대 사이에 매우 예쁘게 장식된 작은 문이 또 하나 있다. 탁자와 몇 개의 안락의자들과 촛대들과 커다란 장식장이 있다. 정원 밖으로 종탑들이 보이고 달빛이 비친다. 탁자 위에 천사상이 놓여 있다.

—제1장—

다프네, 레지넬라, 오모데이(나중에 등장)

레지넬라 그래, 다프네, 이건 확실한 거야. 문지기 트로일로가 얘기해 줬어. 최근에 주인마님께서 베네치아로 마지막 여행을 다녀오셨을 때 일어난 일이래. 한 경찰이, 빌어먹을 경찰 같으니라고, 감히 제멋대로 주인마님을 사랑하고 편지질을 하고, 마님을 만나려고 애를 썼다는 거야, 다프네. 이게 말이 되니? 주인마님께서 그를 쫓아 버리셨대. 썩 잘 하셨지 뭐.

다프네 (기도대 옆에 있는 문을 살며시 열어 보면서) 다행이네, 레지넬라. 그런데 마님께서 기도서를 기다리고 계셔.

레지넬라 (탁자 위에 있는 몇 권의 책을 보면서) 또 한 가지 사건으로 말하자면, 이건 더 끔찍한 건데, 이것도 내가 장담할 수 있는 이야기야. 저 불쌍한 팔리누로가 집안에서 밀정을 만났다고 주인님께 고했다가 그날 저녁에 갑자기 죽었대. 독살이라면 이해하겠지. 충고하건대 조심 또 조심해야 해. 무엇보다 이 저택에서는 말조심을 해야 한다고. 누군가 벽 속에서 항상 엿듣고 있단 말이야.

다프네 알았어. 그러니 서둘러. 나중에 얘기하자. 마님께서 기다리고 계셔.

레지넬라 (주위를 둘러보다가 시선을 탁자 위에 고정시킨 채로) 그렇게 바쁘면 먼저 가 봐. 뒤따라갈게. (다프네가 나가고 문을 다시 닫는데도 레지넬라는 알아차리지 못한다.) — 하지만 알겠지, 다프네, 다시 한 번 부탁할게. 이 저주받은 집에서는 입조심을 해야 해. 안전한 곳은 이 방 뿐이야. 이곳은 적어도 불안할 것이 없는 곳이야. 원하는 대로 무엇이든 말할 수 있어. 이곳은 사람들이 말을 할 때 아무도 엿듣지 않는다고 확신할 수 있는 유일한 곳이야.

(그녀가 이 마지막 말을 할 때, 오른쪽 벽에 세워 두었던 장식장이 저절로 돌아가고, 그녀가 알아차리지 못한 가운데 오모데이가 빠져나온 후 장식장이 다시 닫힌다.)

오모데이 이곳은 사람들이 이야기할 때 아무도 엿듣지 않는다고 확신할 수 있는 유일한 곳이야.

레지넬라 (돌아보면서) 깜짝이야!

오모데이 조용히 해! (그는 자신의 겉옷을 슬쩍 걷어서 검은색 벨벳 상의를 드러내 보인다. 거기에는 흰색 실로 C.D.X.[16]라는 세 글자가 수놓여 있다. 레지넬라는 겁에 질려 글자와 남자를 바라본다.) — 사람들이 우리를 보았다고 해서, 그 사실을 누구에게든지 신호를 보내서 알

16 Conseil des Dix(10인 위원회)의 약자. 각주 10 참조.

리려고만 하면, 그날이 다 가기 전에 죽는다. 군중들 속에서 우리 이야기를 해도 똑같은 일이 생긴다는 점을 반드시 명심해라.

레지넬라 예수님! 도대체 저 사람이 어느 문으로 들어왔을까요?

오모데이 어떤 문으로도 들어오지 않았다.

레지넬라 예수님!

오모데이 내가 묻는 말에 모조리 답하고 하나라도 속이면 죽을 줄 알아라. 저 문은 어디로 나 있지?

(그는 안쪽의 큰 문을 가리킨다.)

레지넬라 시장님의 침실이에요.

오모데이 (큰 문 옆에 있는 작은 문을 가리키면서) 그리고 저 문은?

레지넬라 저택의 회랑으로 통하는 비밀 계단인데요. 열쇠는 시장님만 갖고 계셔요.

오모데이 (기도대 옆에 있는 문을 가리키면서) 그럼 저 문은?

레지넬라 주인마님의 기도실이에요.

오모데이 기도실에는 출구가 있냐?

레지넬라 없어요. 기도실은 작은 탑 속에 있고, 철창이 달린 창문 하나밖에 없어요.

오모데이 (창문으로 가면서) 이 창문 정도의 높이에 누가 있겠나. 좋아. 벽을 타고 수직으로 80피트구나. 저 아래에는 브렌타 강[17]이 있는데. 철창은 공연한 사치로군. — 그런데 기도실에 있는 작은 계단은 어디로 올라가는 거냐?

레지넬라 저의 방으로요, 다프네 방이기도 하고요, 나리.

오모데이 그 방에는 출구가 있냐?

레지넬라 없습니다, 나리. 철창 달린 창문 하나와 기도실로 내려가는 문밖에 없어요.

오모데이 주인마님이 돌아오면 즉시 네 방으로 올라가서, 듣지도 말하지도 말고 잠자코 있어라.

레지넬라 분부대로 하겠습니다, 나리.

오모데이 주인마님은 지금 어디 있냐?

레지넬라 기도실에서 기도 중이셔요.

오모데이 기도가 끝나면 이곳으로 돌아오겠지?

레지넬라 예, 나리.

오모데이 반시간 전에는 안 오겠지?

레지넬라 안 오십니다, 나리.

오모데이 됐어, 가 봐. — 특히 입조심해! 이곳에서 일어날 일

---

17 이탈리아 복부 트렌티노 지방의 레비코(Levico) 호수와 깔도나쪼(Caldonazzo) 호수에서 발원하여 비첸챠 주와 베네치아 평원을 거쳐 베네치아 남쪽 아드리아 해로 흘러가는 총 길이 174 km에 달하는 강. 파도바에서 두 갈래로 갈라진 지류인 나비글리오 브렌타(Nabiglio Brenta) 강은 16세기에 베네치아까지 운하로 개설되었음.

들은 넌 아무것도 못 본 거야. 아무 말 말고 일이 굴러가게 놔둬라. 고양이가 쥐들과 논다 한들, 너와 무슨 상관이겠냐? 넌 나를 보지 않았고, 내가 여기 있다는 것도 몰라. 이런 거야, 알았지? 네가 만약 입을 한 번이라도 벙끗하려고 하면 내가 들을 거야. 눈만 깜박거려도 나는 볼 것이고, 몸짓 하나도, 신호 하나도, 주먹만 한번 쥐어도 나는 느낄 거야. 이제 가 봐.

레지넬라 오 저런, 여기서 도대체 누가 죽어 나갈까?

오모데이 네가 죽어 나갈 거다. 입만 벙끗했다 하면. (오모데이의 신호에 그녀는 기도대 옆의 작은 문으로 나간다. 그녀가 나갔을 때 오모데이는 장식장으로 다가가고, 장식장이 다시 한 번 저절로 돌아가니 캄캄한 복도가 나타난다.) ― 로돌포 나리! 이제 오셔도 됩니다. 아홉 계단을 올라오십시오.

(장식장이 위장하고 있는 계단에서 발자국 소리가 들린다.)

― 제2장 ―

오모데이, 로돌포(망토를 둘러쓰고 있다.)

오모데이 들어오십시오.

로돌포 여기가 어디요?

오모데이 여기가 어디냐고요? 아마도 당신의 단두대 위겠지요.

로돌포 무슨 말을 하는 거요?

오모데이 파도바에 무시무시한 방이 하나 있다는 사실을, 그 방은 꽃과 향기와 어쩌면 사랑까지도 가득 차 있지만, 그 방에 들어가거나 문을 살짝 열어 보기만 해도 죽을죄가 되기 때문에, 남자라고는, 귀족이든 하인이든 젊은이든 늙은이든 얼씬도 할 수 없는 방이 있다는 사실을 들어서 알고 계시겠지요?

로돌포 그렇소, 시장 부인의 방이라고 들었소.

오모데이 정확합니다.

로돌포 그런데, 이 방은?……

오모데이 지금 계신 곳이 바로 그곳입니다.

로돌포 시장 부인의 방에!

오모데이 그렇습니다.

로돌포 내가 사랑하는 여자는?……

오모데이 카타리나 브라가디니라는 이름의, 파도바 시장 안젤로 말리피에리의 부인이십니다.

로돌포 그럴 리가? 카타리나 브라가디니라니! 시장의 부인이라니!

오모데이 두려우시면 아직 시간이 있습니다. 저기 문이 열려 있으니 저곳으로 나가시지요.

로돌포 나 때문에 두려운 것이 아니라 그녀 때문에 두려운 거요. 당신이 누구인지는 누가 말해 줄까요?

오모데이 당신이 원하시니 저에 대한 설명은 제가 해 드리지요. 일주일 전에 밤 한 시가 조금 못되어, 혼자서 산-프로도치모 광장을 지나가신 적이 있지요. 그때 성당 뒤에서 칼 부딪치는 소리와 고함 소리를 듣고 그곳으로 달려 가셨죠.

로돌포 그렇소, 세 명의 자객이 복면 쓴 사람 하나를 죽이려 하기에 그 세 명을 쫓아버린 적이 있었소.

오모데이 그는 이름도 밝히지 않고, 고맙다는 말도 없이 사라져 버렸지요. 그때 복면 쓴 사람이 바로 저였습니다. 그날 밤 이후로, 에젤리노 나리, 당신에게 행운이 있기를 기원했답니다. 당신은 저를 모르시겠지만 저는 당신을 잘 알고 있습니다. 저는 당신이 사랑하는 여인과 만날 수 있는 방법을 찾아봤어요. 이것은 은혜에 대한 보답입니다. 그 이상 아무것도 아니에요. 이제 저를 믿으시겠습니까?

로돌포 그럼, 그럼. 오! 고맙네. 나는 혹시 그녀에게 낭패될 일이라도 하게 될까 봐 걱정했었지. 나의 심장에는 큰 짐 덩어리가 하나 있었는데, 그걸 자네가 치워 주는구먼. 자네는 나의 친구일세, 나의 영원한 친구야. 내가 자네를 위해 한 일보다 자네가 나를 위해 훨씬 많은 일을 해 주었네. 카타리나를 보지 않고는 더 오래 살 수가 없었을 걸세. 자네도 알다시피 나는 자결했을 거네. 지옥에 떨어졌을 거라고. 나는 고작 자네 생명을 구해 주었지만 자네는 나의 마음을, 나의 영혼을 구해 주고 있네.

오모데이 그렇다면 여기 계시겠습니까?

로돌포 그럼 있어야지. 자네를 믿는다는 말일세. 오! 그녀를 다시 보다니! 그녀를! 한 시간이라도 일 분이라도 그녀를 다시 보다니! 그녀를 다시 만난다는 것이 어떤 것인지 자네는 모를 걸세. — 그녀는 어디 있는가?

오모데이 저기 기도실에 있습니다.

로돌포 어디서 그녀를 다시 만나지?

오모데이 여기서요.

로돌포 언제?

오모데이 15분 후에요.

로돌포 오! 맙소사!

오모데이 (그에게 모든 문들을 하나씩 하나씩 가리키면서) 조심하십시오. 저 안쪽이 시장의 침실입니다. 그는 지금 자고 있어요. 이 시간에는 카타리나 부인과 우리들 외에는 이 저택에서 깨어 있는 것이라고는 아무것도 없어요. 오늘 밤에는 아무런 위험이 없을 것 같습니다. 우리가 이용한 출구로 말하자면, 오로지 저만 알고 있는 비밀이기 때문에 말씀드릴 수가 없고요. 그러나 아침이 되면 쉽게 달아나실 수 있을 것입니다. (안쪽으로 가면서) — 이것이 말하자면 남편의 문이지요. (창문을 가리키면서) — 로돌포 나리, 당신은 사랑하는 사람이 있으시니, 이 창문을 이용하라고 권하지는 못하겠습니다. 어떤 경우에도 안 됩니다. 수직으로 80피트입니다. 그 아래는 강이고요. 이제 저는 물러가겠습니다.

로돌포 15분 후라고 하였소?

오모데이 그렇습니다.

로돌포 그녀 혼자 올까요?

오모데이 아마 아닐 걸요. 잠시 옆으로 비켜 계십시오.

로돌포 어디로?

오모데이 침대 뒤로요. 아! 잠깐! 발코니가 낫겠습니다. 적당하다고 판단될 때 모습을 드러내십시오. 기도실에서 의자 움직이는 소리가 들리는 것 같군요. 카타리나가 곧 돌아올 겁니다. 우리 헤어질 시간이군요. 안녕히 계십시오.

로돌포 (발코니 곁에서) 당신이 누구든 이런 도움을 주었으니 이후로 당신은 내가 갖고 있는 모든 것, 나의 재산과 나의 생명을 마음대로 이용하시오!

(그는 발코니에 자리 잡고 모습을 숨긴다.)

오모데이 (무대 앞으로 돌아오면서 — 방백으로) 당신의 생명은 이제는 당신 것이 아니라오, 나리.

(그는 로돌포가 더 이상 그를 보고 있지 않다는 것을 확인한 다음, 품속에서 편지 한 장을 꺼내어 탁자 위에 얹어 놓는다. 그가 비밀 문으로 나가자 그 문은 저절로 닫힌다. 기도실 문을 통해 카타리나와 다프네가 들어온다. 카타리나는 베네치아 귀부인의 복장을 하고 있다.)

— 제3장 —

카타리나, 다프네, 로돌포(발코니에 숨어 있다.)

카타리나 한 달이 넘었어! 한 달이 넘었다는 걸 알고 있니? 이젠 모두 끝났어. 잠이라도 잘 수 있으면 꿈에서라도 그를 볼 텐데. 하지만 잠이 오질 않아. 레지넬라는 어디 있지?

다프네 방금 침실로 올라가서 기도 중이에요. 주인마님의 시중들게 불러 올까요?

카타리나 하느님 시중들게 내버려 둬라. 기도하게 놔둬. 슬프게도! 나의 기도는 아무런 효과가 없구나!

다프네 창문 닫을까요, 마님?

카타리나 너도 알겠지만 너무 괴로워서 잠도 오질 않아, 착한

다프네야. 5주나 됐어, 기나긴 5주 동안 그를 보지 못했어. — 아니, 창문 닫지 마라. 그래야 좀 더 시원하지. 머리에 불이 나는 것 같아. 만져 봐. — 그를 다시는 못 보겠지! 이렇게 감옥에 갇혀서 감시당하고 있으니 말이야. 이젠 모두 끝났어. 이 방에 들어오는 것은 죽을죄가 되니, 그를 보는 것은 원하지도 않아. 그를 여기서 보다니, 생각만 해도 떨리는구나. 슬프기도 해라! 어쩌면! 우리의 사랑이 이토록 죄가 되는 걸까? 그는 왜 파도바에 돌아왔지? 그토록 짧은 행복 속으로 나는 왜 다시 빠져들었을까? 가끔 한 시간씩 그를 만나보곤 했었어. 그 시간은 아무리 짧고 빨리 지나가도 나의 생명에 약간의 공기와 빛을 불어넣는 환기창이었단다. 이제는 모든 것이 벽으로 막혀 버렸어. 나에게 빛이 들어오게 하는 그 얼굴을 더 이상 볼 수가 없어. 오! 로돌포! 다프네야, 솔직하게 말해 줘. 내가 이제 다시는 그를 못 볼 거라고 생각하는 건 아니지?

다프네 마님…….

카타리나 그런데 나는 여느 여자들과는 달라. 쾌락, 축제, 오락, 이 모든 것이 나에게는 아무런 소용이 없구나. 다프네야, 7년 전부터 내 마음속에는 오로지 생각도 사랑, 감정도 사랑, 이름은 로돌포뿐이었어. 나 자신을 바라봐도 로돌포를, 언제나 로돌포를, 로돌포 외에는 아무것도 보이질 않았어! 나의 영혼은 그의 형상으로 만들어졌나 봐. 다른 모습은 상상이 안 돼. 7년 동안 그를 사랑해 왔어. 나는 어린 나이에 마음에도 없이 억지로 결혼하게 됐단다. 나의 남편과 말이야. 나는 남편에게 감히 말도 건네지 못하는데. 이런 것이 일생을 행복하게 해줄 수 있으리라 생각하니? 내 신세가 이게 뭐람! 어머니만이라도 계셨더라면 그런 결혼은 안 했을 텐데!

다프네 그런 슬픈 생각일랑 아예 하지 마서요, 마님.

카타리나 이런 저녁 날이면, 다프네야, 우린 참으로 달콤한 시간을 보내곤 했단다. 내가 지금껏 해온 얘기들이 그렇게 벌 받을 만한 거니? 아니지? 나의 슬픔이 너까지 슬프게 만드는구나, 널 힘들게 하고 싶진 않아. 자러 가거라. 가서 레지넬라를 만나 봐.

다프네 마님께서는요?……

카타리나 괜찮아, 옷은 나 혼자 갈아입을게. 잘 자라, 착한 다프네! 가 봐.

다프네 마님! 오늘 밤 하느님의 가호가 있으시기를 빌게요.

(그녀는 기도실 문으로 나간다.)

— 제4장 —

카타리나, 로돌포(처음에는 발코니에)

카타리나 (홀로) 그가 불러 주던 노래가 있었지. 나의 발치에서 너무나 달콤한 목소리로 불러 주곤 했었어! 오! 그를 보고 싶은 순간들이 있어. 그 순간들을 위해서라면 나의 목숨이라도 주련만! 나에게 들려주던 이 구절이 특히 생각나는구나. (그녀는 기타를 잡는다.) — 곡조가 이렇지 아마. (그녀는 우울한 음악을 몇 소절 연주한다.) — 노랫말을 생각해 봐야지. 그를 보지 못하고 이토록 멀리 있긴 하지만 그가 불러 주던 노래를 다시 한 번 듣기 위해서라면 영혼이라도 팔고 싶어! 그런데 그의 목소리가 들리네! 그의 목소리가 들려!

로돌포 (발코니에 숨은 채로 노래를 부른다.)

나의 영혼은 그대의 심장에 바쳐져,
오직 그대 곁에서만 존재하네;
같은 운명이 황홀한 끈으로
우리를 묶고 있기 때문이네;
그대는 조화로운 소리, 나는 칠현금;
나는 나뭇가지, 그대는 서풍;

나는 입술, 그대는 웃음;

나는 사랑, 그대는 아름다움!

카타리나 (기타를 떨어뜨리며) 어머나!

로돌포 (여전히 숨어서 계속한다.)

시간이 달아나

가버린다 해도,

어둠 속에서 울고 있는

나의 노래는 웃고 있는

그대의 얼굴을 스치네.

카타리나 로돌포!

로돌포 (뒤에 있는 발코니에 망토를 던지면서 나타난다.) 카타리나!

(그는 그녀의 발아래 와서 쓰러진다.)

카타리나 당신이 여기에? 어떻게! 당신이 여기에? 이럴 수가! 이렇게 기쁠 수가! 하지만 겁이 나서 죽겠어요, 로돌포! 당신이 지금 있는 곳이 어딘지 아세요? 예전 그 방에 있다고 상상하는 건 아니겠지요, 바보같이? 목숨이 위태로워요.

로돌포 상관없어요! 당신을 못 보고는 살 수가 없었어요. 죽더라도 당신을 다시 만나고 죽는 편이 차라리 나아요.

카타리나 잘했어. 그럼, 오는 것이 당연해. 나의 목숨도 위험해 졌지만, 너를 다시 보게 되었으니 나머지는 중요하지 않아!

한 시간 동안만이라도 너와 함께 있을 수 있다면 그다음에는 천장이 무너져도 상관없어!

로돌포 게다가 하늘이 우리를 보호해 줄 거예요. 지금 저택 안은 모두가 잠들어 있어요. 나는 들어온 것처럼 나가지 못할 이유가 없어요.

카타리나 어떻게 들어왔지?

로돌포 내가 생명을 구해 준 사람이 있는데…… 설명해 줄게요. 내가 이용한 방법은 믿을 수 있는 방법이에요.

카타리나 그래? 네가 믿는다면 그걸로 충분해. 어쩌면 이럴 수가! 너를 볼 수 있게 나 좀 바라봐.

로돌포 카타리나!

카타리나 이제 우리 생각만 하자, 너는 내 생각, 나는 네 생각. 내 모습이 많이 변했지? 이유를 설명하자면, 5주 전부터 줄곧 울기만 해서 그래. 그런데 넌 그동안 어떻게 지냈니? 적어도 많이 슬퍼했겠지? 우리의 이별 후 너의 마음이 어땠는지, 그 얘기 좀 해 봐. 말해 줘. 듣고 싶어.

로돌포 카타리나! 너와의 이별은 눈앞이 캄캄하고 심장이 텅 비는 것 같았어. 매일 조금씩 죽어가는 느낌이었어. 별도 없는 밤, 등불 없는 캄캄한 동굴 속에 있는 것과 같았어. 사는 것 같지도 않았고, 생각도 할 수 없었고, 알 수 있는 것은 아무것도 없었어. 내가 무엇을 했느냐고 물었니? 그걸 모르겠어. 내가 느낀 것이 이런 거야.

카타리나 그렇지, 나도 그래. 나도 그렇다고, 나도. 오! 우리의 마음이 헤어져 있지 않았다는 것을 이제 알았어. 너에게 해야 할 얘기가 너무 많아. 어디서부터 시작할까? 나는 갇혀 있었어. 외출할 수가 없었다고. 괴로워 죽는 줄 알았어. 내가 즉시 너의 품에 뛰어들지 않았다고 해서 놀라선 안 돼. 그건 내가 갇혀 있는 몸이었기 때문이었어. 맙소사! 너의 목소리를 들었을 때, 나는 말도 할 수 없었고, 내가 어디 있는지도 몰랐어. 어디 좀 봐. 저기 앉아 봐, 옛날처럼. 다만 낮은 목소리로 얘기하자. 아침까지 머물러 있어. 나갈 때는 다프네가 도와줄 거야. 아, 이렇게 달콤한 시간이 오다니! 그래, 이젠 조금도 두렵지 않아. 네가 완전히 안심시켜 주었기 때문이야. 너를 보니 너무 기뻐. 너냐 천국이냐 한다면 너를 선택할 거야. 내가 얼마나 슬퍼서 울었는지 다프네에게 물어봐. 그 착한 소녀가 나를 극진히 보살펴 주었어. 그녀에게 고맙다고 말해 줘. 레지넬라도 마찬가지야. 그런데 말해 봐, 내 이름은 알아냈니? 오! 너는 전혀 당황하지 않는구나. 네가 어떤 것을 원할 때, 싫어하는 것이 무엇인지 난 모르겠어. 말해 봐, 다시 올 수 있는 방법은 있는 거야?

로돌포 있고말고! 그렇지 않다면 내가 어떻게 살아가겠니?

카타리나, 너의 말을 듣고 있으니 황홀해. 아무 걱정 마. 오늘 밤은 얼마나 평온한지 좀 봐! 우리에게 있는 모든 것이 사랑이고, 우리 주위의 모든 것이 안식이요. 우리처럼 서로 의지하고 있는 두 영혼은 맑고 성스러워 하느님께서도 방해하지 않으실 거야, 카타리나. 나는 너를 사랑하고, 너는 나를 사랑하고, 하느님은 우리를 보고 계셔. 이 시간에 깨어있는 존재는 우리 셋뿐이야. 아무 걱정 마.

카타리나 걱정 안 해. 게다가 모든 것을 잊어버리는 순간들이 있어. 행복하면 서로에게 빠져버리나 봐. 로돌포, 헤어져 있을 때에는 나는 감옥에 갇힌 한낱 불쌍한 여인이었을 뿐이고, 너는 불쌍하게 추방된 자에 불과했지만, 함께 있으니 천사도 우리를 부러워할 거야! 아니야, 하늘에도 우리처럼 행복한 사람은 없을 거야. 그들은 기뻐서 죽지는 않지만 나는 기뻐 죽겠거든. 지금 내 머릿속이 온통 뒤죽박죽이야. 조금 전에 내가 수많은 질문을 했지만 무슨 말을 했는지 하나도 기억이 안 나. 넌 기억나는 것 있니? 하나라도? 이건 꿈이 아닐까? 정말 네가 거기 있네, 네가!

로돌포 사랑스러운 친구!

카타리나 아니야, 말하지 마. 집중할 수 있게 나 좀 내버려 둬. 나의 영혼인 너를 바라보게 해 줘! 네가 거기 있다는 사실을 생각할 수 있게 해 줘. 잠시 후에 대답할게. 너도 알잖아, 지금처럼 사랑하는 사람을 바라보고, 그에게 말하고 싶은 순간들이 있다는 것을. 잠자코 있어 봐, 너를 보고 있는 중이야. 아무 말 하지 마, 사랑해. 잠자코 있어 줘, 너무나 행복해! (그는 그녀의 손에 입 맞춘다. 그녀는 몸을 돌려 탁자 위에 놓인 편지를 본다.) — 이건 뭐지? 오, 맙소사! 종이 한 장이 정신을 번쩍 들게 만드네. 편지야! 이 편지 네가 놓아둔 거니?

로돌포 아니야. 틀림없이 나와 함께 온 그 사람일 거야.

카타리나 너와 함께 온 사람이라니! 누구야? 어디 좀 봐! 이 편지가 도대체 뭐지? (그녀는 거칠게 편지 겉봉을 찢고 읽는다.) — "어떤 사람들은 키프로스 산 포도주로만 취하고, 또 어떤 사람들은 정교한 복수만을 즐긴다오. 부인, 사랑에 빠진 경찰은 무지렁이 같아도, 복수하는 경찰은 매우 위대하다오." —

로돌포 맙소사! 이게 무슨 뜻이지?

카타리나 필체를 보니 알겠어. 베네치아에서 감히 나를 사랑하고, 사랑한다고 지껄이고, 어느 날 집에까지 찾아왔기에 내쫓아 버렸던 그 뻔뻔스러운 작자야. 그 사람 이름이 오모데이였어.

로돌포 진짜야?

카타리나 그는 10인 위원회의 밀정이야.

로돌포 이런 낭패가 있나!

카타리나 우린 망했어. 이건 함정이야, 우리가 함정에 빠졌다고. (그녀는 발코니로 가서 바라본다.) — 아! 이를 어쩌나!

로돌포 왜 그래?

카타리나 촛불을 꺼, 속히.

로돌포 (촛불을 끄면서) 무슨 일인데?

카타리나 몰리노 다리로 향한 회랑에…….

로돌포 그래서?

카타리나 방금 거기에서 불빛이 비치는 것을 봤어.

로돌포 나는 왜 이렇게 미련하고도 지각없는 인간일까! 카타리나, 너를 망친 원인이 바로 나야!

카타리나 로돌포, 네가 나에게 왔듯이 나도 너에게 갔을 거야. (안쪽 작은 문에 귀를 기울이며) — 조용히 해 봐! 들어 보자고. 복도에서 소리가 들리는 것 같아. 맞아. 누군가 문을 열고 걸어오고 있어! 넌 어디로 들어왔지?

로돌포 저기, 저 위장된 문으로, 그 악마가 다시 잠가 버렸어.

카타리나 어떻게 하지?

로돌포 저 문은?……

카타리나 남편 침실이야.

로돌포 저 창문은?

카타리나 지옥이고!

로돌포 이 문은?

카타리나 나의 기도실이야. 여기엔 출구가 없어. 달아날 방법이 하나도 없네. 상관없어, 이리로 들어가. (그녀는 기도실 문을 열고 로돌포가 서둘러 그 안으로 들어간다. 그녀는 문을 다시 닫고 혼자 남아 있다.) — 이 문을 이중으로 잠그자. (그녀는 품속에 감추어 두었던 열쇠로 잠근다.) — 앞으로 무슨 일이 일어날지 누가 알까? 어쩌면 그가 나를 구하고 싶어서 여기서 나오려다가 죽을지도 몰라. (그녀는 안쪽 작은 문으로 간다.) — 이제 아무 소리도 안 들리네. 아니, 들려. 누가 걸어오다가 멈추어 섰어. 틀림없이 엿듣기 위해 멈추었을 거야. 아! 어쩌나! 그냥 자는 척하자. (그녀는 외투를 벗고 침대 위에 쓰러진다.) — 왜 이리 떨리지! 누군가 자물쇠에 열쇠를 꽂고 있네. 오! 누가 들어오는지 보고 싶지 않아!

(그녀가 침대 커튼을 닫자, 문이 열린다.)

— 제5장 —

카타리나, 라 티스베(창백한 안색의 라 티스베가 손에 등불을 들고 들어온다. 그녀는 주위를 살피면서 느린 걸음 으로 다가온다. 탁자에 다가가 촛불이 방금 꺼진 것을 확인한다.)

라 티스베 촛불에서 아직 연기가 나는구나. (그녀는 돌아서서 침대를 보고는 쫓아가 커튼을 젖힌다.) — 여자 혼자네. 자는 척하고 있어. (그녀는 문들과 벽을 살피면서 방을 돌아다니기 시작한다.) — 이것이 남편 방의 문이겠지. (벽지로 위장된 기도실 문을 손등으로 두드리면서) — 여기에도 문이 있네.

(카타리나가 자리에서 일어나 그녀가 하는 양을 멍하니 바라본다.)

카타리나 이게 도대체 뭐예요?

라 티스베 이거라고 했나요? 이게 뭐냐고요? 자, 내가 말하지요. 나는 시장 부인을 손에 쥐고 있는, 시장의 정부요.

카타리나 맙소사!

라 티스베 이게 뭐냐고요, 부인? 나는 무대의 딸이라고 하는 배우요. 당신네들은 우리를 어릿광대라고 부르지요. 방금 말했듯이 나는 위대한 부인, 결혼한 여자, 존경받는 여자, 미덕 그 자체인 여자를 손에 움켜쥐고 있소. 손으로 손톱으로 움켜잡고, 이빨로 물고 있소. 고매하고 화려한, 그 위대한 부인을 내 마음대로 처리할 수 있게 되었소. 그녀를 찢어 조각을 내고, 누더기로 만들고, 산산조각으로 만들 거요! 아, 위대하신 부인네들, 앞으로 무슨 일이 일어날지 모르지만, 확실한 것은 내가 당신네들 중 하나를 내 마음대로 할 수 있게 되었다는 것이오. 나는 그녀를 놓아주지 않을 것이며, 그녀는 죽을 수도 있으며, 그녀가 내 얼굴을 마주 보는 것보다는 머리에 벼락을 맞는 편이 차라리 나을 것이오. 말해 봐요, 부인. 당신은 방 안에 애인을 숨겨 두고도 감히 내 앞에서 눈을 치켜뜨는 뻔뻔스러운 여자라 생각해요.

카타리나 부인…….

라 티스베 숨겨 두었잖아요!

카타리나 당신이 잘못 안 거예요!

라 티스베 그만하세요, 부정하지 마세요. 그가 저기 있었어요. 저 의자들만 봐도 당신들이 함께 있었다는 사실을 알 수 있어요. 당신은 저 의자들이라도 흩어 놓았어야지요. 무슨 이야기를 나누었나요? 나는 너를 사랑해, 너를 사모해, 나는 너의 것이야 등등…… 수없이 많은 달콤한 말, 매혹적인 말들을 서로 나누었겠지요?—아! 나를 건드리지 마세요, 부인!

카타리나 무슨 말인지 알아들을 수가 없군요.……

라 티스베 당신들이 우리보다 나을 것이 없어요, 부인네들! 우리가 대낮에 한 남자에게 당당하게 말하는 것을, 당신들은 밤에 수줍은 듯 입 속으로 중얼거리지요. 시간이 바뀐 것뿐이에요! 우리는 당신들의 남편을 빼앗고, 당신들은 우리의 애인을 낚아채 가는군요. 이것은 전투예요. 좋아요. 싸워 봅시다. 아! 화장과 위선과 배신과 억지 미덕으로 치장한 당신들은 얼마나 못 믿을 여자들인가요! 그래요, 맹세코, 당신들은 우리만도 못해요. 우리는 아무도 속이지 않지만, 당신들은 세상을 속이고, 가족을 속이고, 남편을 속이고 할 수만 있다면 좋으신 하느님까지 속이지요. 오! 베일을 쓰고 거리를 지나가는 덕망 높은 여인들을 보세요! 그녀들이 성당에 가십니다. 비켜서시오! 허리를 굽히시오! 엎드리시오! — 아니에요, 비켜서지 마세요, 허리를 굽히지도 마세요, 엎드리지도 마세요, 똑바로 서서 그녀들에게 가세요. 베일을 벗기세요. 베일 뒤에 가면이 있어요. 가면을 벗기세요. 가면 뒤에는 거짓말하는 입이 있어요! — 오! 그런 건 나와는 상관없어요. 나는 시장의 정부요, 당신은 그의 아내요, 나는 당신을 죽이고 싶어요!

카타리나 이를 어쩌나! 부인…….

라 티스베 그는 어디 있나요?

카타리나 누구?

라 티스베 그이!

카타리나 난 여기 혼자 있어요. 정말 혼자예요. 오로지 혼자예요. 당신이 묻는 말을 하나도 이해할 수가 없어요. 나는 당신을 모르지만, 당신의 말 때문에 겁이 나서 얼어붙었어요. 내가 무슨 잘못을 저질러서 당신의 비위를 건드렸는지 모르겠어요. 이렇게 해서 당신이 무슨 이익을 얻는다고 생각할 수도 없고…….

라 티스베 내가 여기서 무슨 이익을 얻느냐고! 나는 분명히 믿지요, 이익이 하나 있다고! 당신이 그걸 모르다니요, 당신이! 덕망 높으신 여자들은 도무지 믿을 수가 없다니까! 나의 심장에 울화가 치밀지 않았다면, 방금 얘기한 것처럼 그런 식으로 당신에게 말을 했겠어요? 당신에게 말한 모든 것이 나에게 뭐가 그리 중요하겠어요? 당신이 대갓집 부인이고, 내가 배우라는 사실이 어때서요? 그런 건 나에게는 아무 상관없는 일이에요. 나도 당신만큼 아름답다고요! 하지만 내 마음속에 원한이 있단 말이에요. 그래서 내가 할 수 있는 대로 당신을 모욕한 거예요. 그 사람 어디 있나요? 그 사람 이름이 뭐냐고요? 그 사람을 봐야겠어요! 오! 자는 척하려던 모습을 생각만 해도! 정말이지 그건 뻔뻔스러운 짓이에요!

카타리나　어머나! 어쩜 좋아! 이를 어쩌지? 하늘에 맹세코, 부인! 당신이 만약 아신다면…….

라 티스베　저기 문이 있다는 것을 알고 있어요. 그는 틀림없이 저 안에 있어요.

카타리나　그곳은 나의 기도실이에요, 다른 곳이 절대로 아니에요. 거기에는 아무도 없어요. 맹세할게요. 만약 당신이 아신다면! 누군가 나에 대해 당신에게 거짓말을 한 거예요. 나는 속세에서 물러나 홀로 사람들의 눈에 띄지 않게 살아가고 있어요.……

라 티스베　저 장막!

카타리나 저건 나의 기도실이에요. 맹세할게요. 저기에는 기도대와 기도서밖에 없어요.……

라 티스베 저 가면!

카타리나 저기에는 아무도 숨어 있지 않아요. 맹세할게요, 부인!

라 티스베 거짓말하는 저 입!

카타리나 부인…….

라 티스베 바로 이거예요. 말은 그렇게 하면서 겁에 질린 죄인 같은 표정을 짓다니, 당신 미쳤어요? 당신은 확실하게 부정도 못 하고 있어요. 자, 다시 한 번 대답해 보세요. 용기가 있다면 화를 내보세요. 결백한 여자처럼 화를 내보란 말이에요! (그녀는 갑자기 발코니 옆, 바닥에 있는 망토를 보고 달려가서 잡는다.) — 아! 보세요, 이젠 별 수 없게 되었지요. 여기 망토가 있으니.

카타리나 어쩜 좋아!

라 티스베 아니에요, 이건 망토가 아니죠, 그렇죠? 남자의 망토가 아니지요? 불행하게도 이것이 누구의 것인지 분간이 안 되네. 이런 망토들은 모두가 비슷하단 말이야. 자, 당신 자신을 지키세요. 그 사람 이름을 말해 보세요.

카타리나 당신의 말이 무슨 뜻인지 모르겠어요.

라 티스베 저것이 당신의 기도실이라고 했나요? 좋아요, 문을 열어 보세요.

카타리나 뭐 하게요?

라 티스베 나도 하느님께 기도하고 싶어요, 나도 말이에요. 열어 보세요.

카타리나 열쇠를 잃어버렸어요.

라 티스베 열라고요.

카타리나 열쇠를 누가 갖고 있는지 몰라요.

라 티스베 아! 당신 남편이 갖고 있군요! ― 안젤로 나리, 안젤로! 안젤로!

(그녀가 안쪽 문으로 달려가려 하자 카타리나가 그 앞에 쓰러지며 그녀를 붙잡는다.)

카타리나 안 돼요. 그 문으로는 가지 마세요. 안 돼요, 가지 마세요. 난 당신에게 아무런 잘못을 하지 않았어요. 당신이 나에게 반감을 갖는 이유를 도통 모르겠어요. 나를 죽이지 마세요, 부인. 불쌍하게 여겨 주세요. 잠시만 멈추어 주세요. 곧 알게 될 거예요. 내가 설명해 드릴게요. 잠시만. 당신이 들어온 이후로 나는 얼이 빠지고 혼이 나갔어요. 게다가 너무 놀라서 당신이 한 말들을 하나도 이해를 못하겠어요. 당신이 배우라고, 내가 대단한 귀부인이라고 말한 것 외에는 아무것도 생각이 안 나요. 저기 아무도 없다는 건 맹세할게요. 당신은 경찰 이야기는 안 하는군요. 하지만 나는 그 경찰이 이 모든 것의 원인이라고 확신해요. 그는 무서운 사람이에요. 당신을 속이고 있어요. 그는 밀정이라고요! 밀정의 말을 믿어선 안 돼요! 잠시만 내 말을 들어 보세요. 여자들끼리 이 한순간을 거절하지 말아 주세요. 내가 남편에게 애원해 봤자 그 사람은 그렇게 너그러운 사람이 못 돼요. 그러니 당신이 연민의 정을 가져 주세요. 당신은 너무 아름다워서 심성이 고약할 리가 없어요. 그래서 그 몹쓸 인간, 밀정, 경찰 때문이라고 말했던 것이었어요. 충분히 이해하시겠죠. 당신 때문에 내가 죽게 되면 당신도 후회할 거예요. 남편을 깨우지 말아 주세요! 그는 나를 죽일 거예요. 당신이 나의 처지를 알고 나면 나를 불쌍하다고 동정할 거예요. 나는 죄가 없어요. 정말이지 큰 죄를 지은 적이 없어요. 아마도 경솔한 행동은 더러 했을는지 몰라도, 그것은 어머니가 안 계시기 때문이에요. 고백하자면 어머니가 안 계셔요. 오! 나를 불쌍히 여겨 주세요. 제발 문으로 가지 마세요, 이렇게 빌게요, 이렇게, 이렇게요!

라 티스베 일 없어요. 더 이상 한마디도 듣지 않겠어요! 시장님, 시장님!

카타리나 멈추어 주세요! 아! 어쩌나! 아! 멈추어 주세요! 그가 나를 죽일 거라는 걸 모르다니요! 적어도 잠시만, 아주 잠깐 동안만 하느님에게 기도할 수 있게 해 주세요. 걱정 마세요. 여기서 나가지 않을게요. 보세요, (그녀에게 기도대 위에 있는 구리 십자가를 가리키면서) — 저기 십자가 앞에 가서 무릎 꿇을 거예요…… (티스베의 시선이 십자가에 고정된다.) — 적선하는 셈 치고 내 곁에서 기도해 주세요. 그렇게 해 주실 테지요? 기도한 다음에도 여전히 내가 죽기를 원한다면, 좋으신 하느님께서 그 생각을 당신에게 그대로 남겨 두신다면, 그때는 원하는 대로 하세요.

라 티스베 (십자가 앞으로 급히 달려가서 벽에서 그것을 떼어낸다.) 이 십자가는 뭐예요? 어떻게 해서 당신 손에 들어왔지요? 어디서 이걸 갖게 되었나요? 누가 당신에게 주었냐고요?

카타리나 무슨 말이에요? 이 십자가요? 오! 깜짝 놀랐네. 나에게 이 십자가에 대한 질문을 해봤자 당신에게는 아무런 소용이 없을 텐데요!

라 티스베 이것이 어떤 연유로 당신 손에 있게 되었는지 속히 말하라니까요!

(촛불이 발코니 옆에 있는 장식장 위에 놓여 있다. 라 티스베는 그곳으로 다가가 십자가를 살펴본다. 카타리나가 그녀를 따라간다.)

카타리나 그러니까, 어떤 여자였어요. 아래에 새겨진 이름이 보이죠. 나는 모르는 이름이지만 티스베라고 생각해요. 그녀는 누군가가 죽이려 했던 불쌍한 여자였어요. 내가 그녀를 살려 달라 부탁했죠. 그녀를 죽이려던 사람이 나의 아버지였으니까요. 아버지께서 나의 청을 들어주셨어요. 브레시아에서, 내가 아주

어린아이였을 때였죠. 오! 나를 죽이지 마시고, 불쌍히 여겨 주세요, 부인! 그때 그 여자가 나에게 이 십자가를 주면서, 지니고 있으면 행운을 가져다 줄 것이라고 말했어요. 이것이 전부예요. 확실히 전부라고 맹세해요. 하지만 이런 일이 당신과 무슨 상관이죠? 나에게 이 부질없는 것을 말하게 해서 무슨 소용이 있나요? 이제 힘이 다 빠져 버렸어요.

라 티스베 (방백으로) 이럴 수가! 오, 어머니!

(안쪽 문이 열리고 잠옷 차림의 안젤로가 등장한다.)

카타리나 (무대 앞으로 돌아와서) 남편이네! 난 이제 죽었구나!

— 제6장 —

카타리나, 라 티스베, 안젤로

안젤로 (발코니 옆에 있는 티스베를 보지 못하고) 무슨 일이오, 부인? 방금 당신 방에서 무슨 소리가 들리는 것 같던데.

카타리나 여보…….

안젤로 이 시간에 잠자리에 들지 않았다니 어찌 된 일이오?

카타리나 그건…….

안젤로 저런, 당신 몹시 떨고 있군요. 방에 누가 있구려, 부인!

라 티스베 (무대 안쪽에서 나오면서) 그렇습니다, 시장님, 저예요.

안젤로 자네였는가, 티스베!

라 티스베 예, 저예요.

안젤로 자네가 이곳에! 이 한밤중에! 자네가 여기 있다니, 이 시간에 여기 있다니, 어떻게 된 일인가? 그리고 부인은…….

라 티스베 왜 몹시 떨고 계시느냐고요? 제가 말씀드릴게요, 시장님. 들어 보세요. 시장님께서 꼭 들으셔야 할 일이에요.

카타리나 (방백으로) 자, 이것으로 끝이구나!

라 티스베 간단히 말씀드리자면 이렇습니다. 시장님께서 내일 아침 암살당하시게 되어 있다고요.

안젤로 내가!

라 티스베 시장님 관저에서 저의 집으로 오시는 도중에 일어날 일이래요. 보통 시장님께서는 매일 아침 혼자 외출하시지요. 바로 오늘 밤에 그 소식을 듣고서 즉시 마님에게 알려 드리려 서둘러 왔어요. 내일 마님께서 시장님의 외출을 막으셔야 한다고 알려 드리려고요. 이것이 제가 여기 있는 이유고, 한밤중에 여기 있는 이유고, 마님께서 몹시 떨고 계시는 이유예요.

카타리나 (방백으로) 웬일이야! 저 여자는 도대체 뭐지?

안젤로 어떻게 그런 일이? 하긴 그리 놀랍지도 않구먼. 나를 둘러싸고 있는 위험을 이야기했을 때, 그럴 만한 이유가 있었다는 것을 이제 알겠지. 그나저나 이런 일을 누가 자네에게 알려주던가?

라 티스베 어떤 모르는 사람이었어요. 그는 자기가 도망가게 해 준다는 약속을 저에게서 미리 받아 놓고 말을 꺼냈어요. 그래서 저는 약속을 지켰고요.

안젤로 자네 실수했네. 약속은 하되 붙잡아 뒀어야지. 그런데 이 저택에는 어떻게 들어왔나?

라 티스베 그 사람이 저를 들여보내 주었어요. 몰리노 다리 아래에 있는 작은 문을 열 줄 알더라고요.

안젤로 그것 보라니까! 그리고 여기까지는 어떻게 들어왔지?

라 티스베 그거야! 시장님께서 직접 주신 이 열쇠로 들어왔죠.

안젤로 그 열쇠가 이 방문을 연다는 말은 안 했을 텐데.

라 티스베 분명히 하셨어요. 기억을 못하시는군요.

안젤로 (망토를 보면서) 이 망토는 뭐지?

라 티스베 저택에 들어올 수 있도록 그 사람이 빌려준 망토예요. 모자도 있었는데 어떻게 했는지 모르겠네요.

안젤로 그따위 인간들이 제 멋대로 내 집에 드나든다는 것을 생각하니! 나의 목숨도 파리 목숨이구나! 나는 언제나 옷자락 하나를 함정 속에 빠뜨리고 있는 셈이라니까. 또 말해 보게, 티스베…….

라 티스베 다른 질문일랑 제발 내일로 미루어 주셔요, 시장님. 오늘 밤은 생명을 구해 드린 것으로 만족하셔요. 고맙다는 말씀조차 안 하시는군요, 마님과 저에게 말이에요.

안젤로 미안하네, 티스베.

라 티스베 마차가 저 아래에서 저를 기다리고 있어요. 거기까지 배웅해 주실 거죠? 이제 마님께는 주무시게 해 드립시다.

안젤로 분부대로 하지요, 티스베 부인.[18] 내 방을 거쳐 가세. 칼을 가져가야 하니까. (안쪽 커다란 문으로 가면서) — 여봐라! 횃불 가져와라!

라 티스베 (카타리나를 무대 앞으로 따로 데려와서) 그를 즉시 도망가게 하세요. 내가 들어왔던 문으로, 여기 열쇠가 있어요. (기도실 쪽을 바라보면서) — 오! 저 문! 오! 괴로워! 실제로 그이인지 아닌지 알 길조차 없다니!

안젤로 (돌아와서) 기다리고 있네, 티스베.

라 티스베 (방백으로) 그가 지나가는 모습이나마 볼 수 있다면! 지금은 속수무책이네! 이대로 가야 하다니!…… (안젤로에게) —

18 Je suis à vos ordres, doña Tisbe. 파격적인 예의를 갖춘 이 표현은 셋째 날 제2부 제8장(각주 25)에서 카타리나를 대하는 거친 말투와 대조적이다.

알았어요! 이제 가요, 시장님.

카타리나 (그들이 나가는 것을 보면서) 이것은 정녕 꿈이겠지!

: 셋째 날

흑 대신 백

제1부

오두막 내부. 몇 개의 허름한 가구들과, 구석에 갈대로 반쯤 짜다가 만 바구니 하나가 있고, 안쪽에 문이 하나 있다. 왼쪽 모서리에 벌레 먹은 덧문으로 반만 닫힌 창문 하나가 있고, 같은 쪽에 완전히 닫힌 일종의 긴 창문이 있다. 그 맞은편에 문이 하나 있고, 오른쪽 구석에 높은 굴뚝이 있다. 긴 창문 옆으로 밧줄과 사립짝이 벽에 기대어 세워져 있고, 한 무더기의 묵직한 돌들이 쌓여 있다.

—제1장—

오모데이, 오르델라포

오르델라포 여기 보게, 오모데이, 이 창문일세. (그는 닫혀져 있는

긴 창문을 가리킨다.) — 저 아래로는 강물이 흐르고 있네. 시장이나 지체 높은 양반들이 누군가를 처치하고 싶을 때마다, 그를 여기로 데려온다네. 죽었든 살아 있든 상관없이, 그를 사립짝으로 묶고 네 귀퉁이에 묵직한 돌을 매달아, 통째로 이 창문으로 던지기만 하면 되네. 나머지는 강물이 맡아서 처리하니까. 베네치아에는 오르파노 운하가 있지만 이 파도바에는 브렌타 강이 있네. 아니! 자네 이 집을 아직 모르고 있었단 말인가?

오모데이 나야 이 도시에 최근에 오지 않았나. 아직 그 용도를 전부 알지는 못하지. 하지만 이 오두막은 내가 하려는 일에는 위치가 안성맞춤이군. 외진 곳에 있는데다가, 레지넬라가 저택으로 돌아갈 때 지나다니는 길섶에 있으니까.

오르델라포 레지넬라가 누군가?

오모데이 됐네, 됐어. 대답이나 하게. — 이 집에는 누가 살고 있는가?

오르델라포 인간의 형상을 한 일종의 개 두 마리가 살고 있네. 그중 하나는 이름이 오르페오이고 또 하나는 가보아르도라네. 잠시 후면 그들이 돌아오는 걸 보게 될 걸세.

오모데이 그 두 사람은 여기서 뭘 하나?

오르델라포 야간 처형이나 시체 없애기 등, 일상적으로 브렌타 강물을 따라 흘러가는 은밀한 일들은 뭐든 한다네, 그건 그렇다치고, 다시 한 번 얘기해 보세. 자네, 일이 틀어졌다고 말했던가?

오모데이 그랬지.

오르델라포 여자를 그곳에 남겨 두고 오기만 하면 일이 성사될 수 있을 것으로 생각하다니, 얼마나 어리석은 짓이었는가!

오모데이 자네는 말뜻을 잘 모르는군. 누군가를 죽인다는 생각을 할 때, 그것을 실현할 수 있는 최상의 칼날은 여자의 질투심이라네. 아! 보통 여자들은 서로 복수를 하는 법인데. 그때 그 여자의 뇌리에 어떤 생각이 지나갔는지 그걸 모르겠단 말이야. 배우들이 칼 쓰는 법을 아는지에 대해서도 들은 바가 없고. 그들의 모든 비극은 무대 위에서만 일어나는 건지, 원.

오르델라포 내가 자네라면 시장에게 가서 솔직하게 말하겠네 : 당신 아내가…….

오모데이 자네가 나라고 해도 시장에게 가서 솔직하게 '당신 아내가 어쩌고저쩌고' 하며 말하지는 못할 걸세. 자네도 나만큼 잘 알겠지만, 현재의 우리 처지로는 시장을 직접 만날 수는 없지 않은가. 그 유명한 10인 위원회가 자네와 나, 우리 모두에게 시장을 체포하라는 임무를 맡기기 전까지는, 어떤 이유로든 시장과 직접 만나는 것을 금하니 말일세. 내가 목숨을 걸고까지 시장에게 말을 걸거나 글을 써 보낼 수 없다는 사실을, 감시받고 있는 몸이라는 것을 자네라면 너무나 잘 알 걸세. 누가 알겠는가? 어쩌면 바로 자네가 나를 감시하고 있을지를!

오르델라포 오모데이, 우리는 친구일세!

오모데이 좀 더 이성을 찾아야지. 내가 자네를 의심하기까지야 하겠는가.

오르델라포 오! 나의 좋은 친구, 오모데이!

오모데이 실은 자네를 의심하기도 하네. 알다시피!

오르델라포 내가 자네에게 뭘 어쨌다고.

오모데이 뭘 어찌한 건 없네. 모두 어리석은 질문이었네. 게다가 기분이 좋질 않아. 자, 우리는 친구야. 악수하세.

오르델라포 그럼 복수는 이제 포기한 건가?

오모데이 차라리 나의 삶을 포기하겠네! 오르델라포, 한 번도 여자를 사랑해 본 적이 없는 자네로서는, 한 여자를 사랑하는 것이 어떤 것인지, 그 여자가 자네를 쫓아내고, 자네를 무시하고, 자네가 밀정이라고 해서, 큰 소리로 자네의 이름을 부르고 밀정이라고 외치면서 모욕하는 것이 어떤 것인지 모를 걸세. 오! 그러니 내가 그 여자에게, 카타리나에게 느끼는 감정은 사랑도 아니고 증오도 아니야, 알겠는가. 그것은 증오에 찬 사랑이야! 무시무시하고 뜨겁고 변질된 이 정념은 오로지 복수만을 단숨에 들이켜야 해. 그 여자에게 복수할 테야. 그녀를 사로잡아 관 속에 넣어 발로 질질 끌고 갈 거야. 두고 보게. 오르델라포!

오르델라포 자네 계획은 이미 한 번 실패했는데, 이제 어쩔 셈인가?

오모데이 벌써 다른 생각을 해 두었네! (그는 안쪽 창문으로 간다.) — 바로 이거야, 오르델라포. 자네가 나 좀 도와 줘야겠네. 이리 가까이 와 보게. 저기 붉은색 망토를 입고 우리 쪽으로 오고 있는 여자 보이지?

오르델라포 그래서?

오모데이 나가서 아무 일도 아닌 척 태연하게 걸어가게. 그녀 곁에 다가갔을 때 그녀가 자네를 지나치도록 해 주게. 그리고 그녀를 따라가. 아주 살살. 그녀가 집 앞에 오면, — 문 앞에 바짝 다가올 때까지 조심해야 하네. — 갑자기 그녀를 문 반대쪽으로 밀어버리게. 문이 열릴 거야. 그러면 그 여자가 집안으로 들어오게끔 내가 자네를 도울게. 나머지는 내 몫일세.

오르델라포 알았네.

오모데이 온 세상이 완전히 적막강산이로구나. (그는 둘러본다.) — 아무도 없어. 그녀가 소리치고 싶다면 소리쳐 보라지. 가 보게.

(오르델라포는 퇴장한다.)

오모데이 (혼자 남아서) 이 집은 위치가 정말 좋아. 이곳에서라면 쥐도 새도 모르게 교황도 죽이겠는 걸.

(문에서 발자국 소리가 들리고 문이 열린다. 손수건으로 입을 틀어막힌 레지넬라가 보인다. 오르델라포가 그녀를 집안으로 밀어 넣는다.)

— 제2장 —

오모데이, 오르델라포, 레지넬라

오르델라포 더 안전하게 하느라고 입을 틀어막았네.

오모데이 (입마개를 벗기면서) 잘했네.

레지넬라 (겁에 질려) 오, 맙소사, 나리들!

오모데이 자, 겁내지 마라. 그런 건 귀찮아. 진정하고 대답이나 해라. 넌 나를 알고 있으니까 겁낼 필요 없어. 넌 잘 알고 있을 거야, 내가 어제 이미 얘기했지. 그게 나야. 나는 너에게 해를 가하지 않았잖아, 이렇게, 그러니 겁내지 말라고. — 너의 이름은 레지넬라고. 카타리나 부인이 옛 마가루피 궁전에 마련한 만남의 장소로 로돌포 나리를 안내한 것이 너였어. 오늘 아침에, 한 시간 전에 로돌포가 여기서 멀지 않은 알티나 다리 옆에서 너를 만났고, 너의 주인마님에게 전할 편지 한 통을 너에게 맡겼지.

레지넬라 나리…….

오모데이 그 편지 이리 내.

레지넬라 여기 있습니다.

오모데이 좋아.

(그는 편지를 찢는다.)

레지넬라 봉인이 망가집니다, 나리.

오모데이 네가 왜 나를 나리라고 부르는지 모르겠다. 나는 일개 밀정이야. 어리석게도 겁이 나서 그렇게 부르겠지만, 듣기 거북하다. (그는 편지를 읽는다.) — 이거면 충분해. 서명을 하지 않아 유감이군. 시장에게 이름을 알릴 방법을 찾아봐야겠구나.

(자물쇠에서 열쇠 돌리는 소리, 회색 옷을 입은 남자가 들어온다. 회색빛 머리에 손이 거칠며 무서운 얼굴의 그 남자는 온통 잿빛이다.)

오모데이 저 사람은 뭐하는 작자야?

오르델라포 아까 얘기했던 두 마리 개 중에 하나야. '오르페오' 하고 부르면 대답하네. 다른 하나도 곧 올 거야. 저자는 밤을 새우니까 낮에 잠을 잔다네. (남자가 오모데이에게 다가와 성난 표정으로 바라본다.) — 자네 신분을 알려 주게.

(오모데이가 옷자락을 슬쩍 젖혀 보인다. 세 글자를 보고, 남자는 모자에 손을 올려 인사한다.)

오르델라포 (남자에게) 가서 자거라!

(남자는 아무 말 없이 구석으로 물러간다.)

오모데이 이 집에 다른 출구가 있는가?

오르델라포 그래, 저쪽이야. 스칼로나 거리로 통하게 되어 있네.

오모데이 이 소녀를 데리고 그쪽으로 나가게. 온종일 산책이나 시켜 주게. (오르델라포와 레지넬라는 지시한 문으로 나간다. 남자는 자신이 짜고 있는 바구니 옆, 어둠 속 구석에 여전히 앉아있다. — 방백으로) — 이 편지만 있어도 벌써 큰 진전이야! 하지만 이걸 말리피에리에게 어떻게 전하지? 로돌포라는 이름은 어떻게 알리고? 그동안 이 편지를 내가 갖고 있어서는 안 되지. 어디에다 안전하게 넣어 둘까? (서랍 달린 탁자를 발견하고서) — 이 서랍은 잠금 장치가 되어 있나? 되어 있구나, 좋아. (그는 편지를 서랍 속에 넣고 열쇠로 잠근다.) — 오르페오! (남자가 일어나서 다가온다.) — 너의 이름이 오르페오지? 난 외출할 거야. 오늘 밤 너의 동료와 함께 졸지 말고 잘 지켜라. 없애야 할 사람 하나를 데려올지도 몰라. 여자 하나를.

오르페오 브렌타 강이 저기 있습죠.

(그는 무대 안쪽으로 돌아간다.)

오모데이 (다시 앉으면서) 시장에게 편지도 쓸 수 없고, 말도 못하다니, 불편하기 짝이 없군! 그럴 수만 있다면 일이 얼마나 수월할 텐데!

(그는 탁자 위에 팔꿈치를 기대고 깊은 명상에 잠긴 사람처럼 손으로 머리를 감싼다. — 그 순간 안쪽 유리창에 로돌포의 얼굴이 나타난다.)

로돌포 (밖에서 오두막 안을 들여다보면서) 저기 누군가와 닮은 사람이 있는 것 같은데…… (그는 덧문을 살며시 열어본다.) ― 내 짐작이 틀리지 않았어. 바로 그놈이로구나. 그 몹쓸 오모데이야! 아! 그놈이 저기 있었어!

(그는 덧문을 다시 닫고 사라진다.)

오모데이 (일어나면서) 자, 시장에게 알릴 방법을 찾아야 해. ― 아! 서랍 열쇠를 내가 갖고 있나? 있구나. 됐어.

(그가 안쪽에 있는 문으로 나가자 그 문은 저절로 다시 닫힌다. ― 밖에서 시끄러운 소리가 들린다.)

첫 번째 목소리 덤벼라, 이 몹쓸 놈아!

두 번째 목소리 어찌된 일이오, 선생님!

첫 번째 목소리 덤비란 말이다.

두 번째 목소리 로돌포씨!……

첫 번째 목소리 자, 덤벼라, 비열한 놈! 그렇지 않으면 너를 개처럼 죽여 버릴 테다!

(검이 부딪치는 소리가 들린다.)

오르페오 (오두막에 혼자 있다가 머리를 조금 든다.) 저기서 누군가 한 놈은 죽겠구나.

(그는 다시 바구니를 짜기 시작한다.)

두 번째 목소리 아!……

첫 번째 목소리 오모데이, 너의 목숨을 나에게 빚진 적 있지. 그걸 갚으라고!

두 번째 목소리 빌어먹을! 아!

(소음이 멎고 발자국 소리가 멀어진다.)

오르페오 (여전히 바구니를 짜면서) 드디어 한 놈이 죽은 게로군.

(격렬하게 문 두드리는 소리가 여러 번 들린다.)

오르페오 거기 누구요?

어떤 목소리 (밖에서) 나야, 문 열어.

오르페오 아! 너였구나, 가보아르도.

(그가 가서 문을 열자, 가보아르도가 오모데이를 질질 끌고 들어온다. 가보아르도의 차림새는 오르페오와 흡사하다.)

— 제3장 —

오르페오, 가보아르도, 오모데이

오르페오 (오모데이를 살펴보더니) 뭐야! 잠시 전의 그 사람이네.

가보아르도 어떤 젊은 신사분이 그를 죽였어. 내가 도착하자 걸음아 날 살려라 하고 가버리더라고. 맹세코 잘생긴 청년이었어.

오르페오 이 자는 완전히 죽었나?

가보아르도 그런 것 같아.

오르페오 그럼 좀 흔들어 보게나. — 상처에서 피는 거의 나지 않았네.

가보아르도 그렇다고 해서 상처가 덜한 것도 아니야.

오모데이 (눈을 뜨면서) 여기가 어디지? 아! 숨 막혀. 너로구나, 오르페오! 저 자는 너의 동료냐? — 아! — 저기 내 주머니 안에 들어 있는 돈 주머니를 가져라. 그건 너희들 몫이다.

(오르페오가 그를 뒤진다.)

가보아르도 (오르페오에게) 괜한 수고하지 말게나. 내가 이미 가졌으니까.

오모데이 네가 이미 가져갔다고 들었는데, 잘했어. 너 영리해 보이는구나. 지금부터 네가 해야 할 일을 설명해 줄게. 나의 주머니에 열쇠가 하나 있다. — 오! 아프게 하지 마. — 마찬가지야. 그것도 가져. 그건 저 서랍 열쇠야. 가서 열어 봐. 네 이름이 뭐지?

가보아르도 가보아르도인 뎁쇼.

오모데이 가보아르도. 좋아. 서랍을 열어 봐. 거기 종이가 있지, 그것 가져와. 그 종이를 시장님에게 갖다 드려야 해. 알아들었니? 이해하겠어? 시장에게. 그 종이를. 오! 나는 죽는구나! 쓸 수 있도록 뭐 좀 가져와.

오르페오 쓰다니요! 그게 뭔데요?

가보아르도 우리에겐 그런 거 없는데요.

오모데이 글 쓰는 도구가 아무것도 없다니! 저주받을 것들! (그는 다시 쓰러졌다가 다시 일어난다.) — 그럼 들어 봐. 가보아르도, 잘 들어. 너희들은 이 종이를 갖고 말리피에리 시장님을 찾아가거라. 이건 편지란다. 알겠니? 그는 너희에게 금화 100체키노를 주실 게다. 듣고 있니? 가서 시장님께 말씀드려라. 이 편지는 시장님 부인에게 보내는 거라고. 로돌포라는 이름의 오! 숨 막혀…… 애인이 보내는 거라고. 그의 이름이 로돌포다. 그의 이름이 로돌포라는 것을 잘 기억해라. 오! 나는 곧 죽어 가는데 복수는 물 건너갔고. 만약 너희들이 내 시신을 묻게 되거든, 나의 복수를 그릴 수 있도록, 팔은 땅 밖으로 꼿꼿이 들고 있게 해 다오. 로돌포다! 알아들었냐? 자, 지금까지 내가 한 말을 한번 반복해 봐라.

가보아르도 누가 우리에게 금화 백 체키노를 줄 거라고요.

오모데이 빌어먹을! 그게 아니야. 내 머리를 받쳐 줘 봐. 다시 한 번 말해 줄 테니. 잘 들어라. 금화 백 체키노는 너희가 시장님에게 말을 잘 전해야만 시장님께서 너희에게 주실 거야…… 들어 봐. 그에게 편지를 가져가서. 시장님에게. 그의 아내에게 애인이 있다고. 말씀드려라. 누가 그 편지를 썼는지. 그걸 말씀드려

라. 그의 이름이 로돌포라고. 이걸 꼭 말씀드려라. 그에게 모두 말씀드려라. 숨이 막히는구나. 저기 피가 흐르고 있네. 다시 머리를 일으켜 다오. 오! 가련하게도 나는 죽어 가는데 복수는 이 얼간이들에게밖에 맡길 수가 없다니! 너희들 듣고 있냐? 로…… 로도…… 올프!

(그의 머리가 다시 떨어진다.)

가보아르도 죽었네. 빨리 시장에게 가자. 금화 백 체키노라. 제기랄! 편지가 나에게 있나? 있구나. 오르페오, 너는 모두 기억하고 있냐? 시장에게 말해야지, 그의 아내에게 애인이 있다고, 애인이 편지를 썼다고. 이름이 뭐였더라?…… 그가 뭐랬지?

오르페오 로데리고라고 했어.

가보아르도 아니야, 판돌포라고 했어.

제2부

카타리나의 침실, 단 위의 침대를 둘러싸고 있는 커튼들이 닫혀 있다.

— 제1장 —

안젤로, 두 명의 사제

안젤로 (두 사제 중 한명에게) 파도바의 성 안토니오 성당 주임 신부님, 중앙 홀과 성가대와 주 제단을 즉시 검은색으로 둘러 주시오. 두 시간 후에, — 두 시간 후라고 했소, — 바로 그 순간에 죽음을 맞게 될 어느 고매하신 분의 영혼의 안식을 위해, 장엄한 미사를 집전해 주시오. 모든 참사회원들과 함께 미사에 참석해 주시오. 성인의 유골함 뚜껑을 열어 놓으시오. 여왕들을 위한 예배처럼 300개의 흰 촛불을 켜고, 600명의 가난한 이들에게 금화 한 체키노와 은화 한 두카톤[19]씩을 나누어 주시오. 검은색 장막

---

19 16세기에서 19세기까지 이탈리아, 스페인, 네덜란드 등 유럽 여러 나라에서 통용되던 은화. 1

에는 오로지 말리피에리 가문과 브라가디니 가문의 문장만을 장식하시오. 말리피에리 가문의 문장은 황금색 바탕에 독수리 발톱이 그려져 있고, 브라가디니 가문의 문장은 하늘색과 흰색으로 나뉜 바탕에 붉은색 십자가가 그려져 있소.

주임 신부 훌륭하신 시장님…….

안젤로 지금 즉시, 모든 성직자들을 데리고, 십자가와 단기를 앞세워, 로마노 가문의 무덤들이 있는, 이 공작 저택의 지하유골안치소로 내려가시오. 거기에는 관이 하나 세워져 있고, 웅덩이가 파져 있소. 그 웅덩이를 축성해 주시오. 시간을 허비하지 마시오. 나를 위해서도 기도해 주시오.

주임 신부 친족 중에 어느 한 분이신가요, 시장님?

안젤로 가 보시오! (주임신부는 깊숙하게 허리를 굽히고, 안쪽 문으로 나간다. 또 한 사제도 마음대로 따라가려 한다. 안젤로가 그를 멈추어 세운다.) — 당신, 수석사제님[20]은 남으시오. 이 옆에 있는 기도실에 지금 곧바로 고백성사를 주어야 할 사람이 있소.

수석사제 유죄 선고를 받은 남자인가요, 시장님?

안젤로 여자요.

두카톤은 약 32g의 은으로 제조됨.

20 archiprêtre, 주교에 의해 교구의 으뜸 사제로 지명된 원로 사제를 부르는 존칭. 필요할 때에는 주교를 대신하기도 함.

수석사제 죽음을 준비해야 하나요?

안젤로 그렇소. — 내가 안내하겠소.

문지기 (들어오면서) 시장님께서 불러오라 하신 티스베 부인이 오셨습니다.

안젤로 들어와서 잠시 기다리라 하여라. (문지기는 나간다. 시장은 기도실 문을 열고, 수석사제에게 들어오라고 신호한다. 입구에서 그는 사제를 멈추어 세운다.) — 수석사제님, 여기서 나가면, 당신이 지금 보게 될 여자의 이름을 세상 그 누구에게도 말하지 않도록 목숨을 걸고 조심하시오.

(그는 사제와 함께 기도실 안으로 들어간다. — 안쪽 문이 열리고 문지기가 티스베를 안내한다.)

라 티스베 (문지기에게) 그분이 나에게 원하는 것이 무엇인지 아세요?

문지기 모릅니다, 부인.

(그는 나간다.)

— 제2장 —

라 티스베 (홀로) 아! 이 방! 내가 또다시 이 방에 와 있다니! 시장이 원하는 것이 뭘까? 오늘 아침 이 저택의 분위기가 너무 음산해. 그게 나와 무슨 상관이람? '예 혹은 아니요'를 잘못 말했다가는 목숨이 달아날지도 몰라! 오! 저 문! 대낮에 저 문을 보니 느낌이 이상해! 그가 저 문 뒤에 있었지! 누가? 누가 저 문 뒤에 있었단 말이야? 오로지 그이였다는 확신이라도 있는 거야? 심지어 아직 밀정은 만나보지도 못했잖아. 오! 불확실한 상황들이여! 웃지도, 울지도 않고, 수상쩍은 눈길로 지켜보며 따라다니는 심술궂은 유령이여! 만약 그가 로돌포였다는 확신이 생긴다면, — 물론 저기 있는 증거들을 통해서, — 그를 죽여 버려야지. 그를 시장에게 고발하고 말테야. 아니야. 그 여자에게 복수할 거야. 아니 내가 자결할 거야. 그래, 로돌포가 이젠 나를 사랑하지 않는다는 것을, 나를 속였다는 것을, 나 아닌 다른 여자를 사랑하고 있다는 것을 확인하게 되면, 만약 그렇다면, 내가 살아서 무엇 하겠는가? 내가 죽는다 해도 사정은 같겠지? 그렇다면, 복수도 하지 않고 죽어? 왜 복수를 안 해? 오! 복수해야지! 이번 기회에 이런 사실을 시장에게 말해야지. 그건 내가 확실하게 복수할 수 있다는 것을 의미하니까. 만약 그날 밤의 남자가 로돌포라는 사실이 증명된다면, 나에게 어떤 일이 일어날지 장담할 수 있을까? 오! 하느님, 광란의 문턱에 있는 저를 구해 주세요! 로돌포! 카타리나! 오! 만약 그렇다면 난 어떻게 하지? 정말, 난 어쩌지? 누구를 죽이게 될까? 그들일까, 아니면 나 자신일까? 알 수가 없네.

(안젤로가 들어온다.)

— 제3장 —

라 티스베, 안젤로

라 티스베 저를 부르셨습니까, 시장님?

안젤로 그렇다네, 티스베. 자네에게 할 말이 있네. 꼭 해야 할 말이 있어. 상당히 심각한 일들이네. 전에도 말했듯이, 나의 인생이란 매일 매일이 함정이요, 매일 매일이 배신이오. 매일 내가 칼을 맞든지, 아니면 내가 누구에게 도끼질을 해야 하네. 오늘 일을 간단히 말하자면 이렇다네. 내 아내에게 애인이 생겼네.

라 티스베 그의 이름은요?……

안젤로 그는 우리가 여기 있었던 그날 밤, 그녀의 거처에 있었네.

라 티스베 그의 이름은요?……

안젤로 일이 발각된 사연은 이러네. 한 남자가, 10인 위원회의 밀정 하나가…… — 10인 위원회의 밀정들은 확고한 기반 위에 있는 우리네 시장들과는 반대편에, 즉 수상한 위치에 있는 자들이라는 사실을 먼저 말해 두어야겠네. 10인 위원회는 그들의 상부에서, 그들이 우리를 체포하라는 명을 받기 전까지는, 우리에게 편지 쓰는 것도, 말을 거는 것도, 어떤 관계든 우리와 관계 맺는 것을 금하고 있네. — 그 밀정들 중에 하나가 그러니까 오늘 아침에, 알티나 다리 근처 강가에서 단도에 찔린 채로 발견되었네. 그를 일으켜 세운 자가 우리의 두 야간 경비병이었어. 결투였는지, 매복이었는지는 모르네. 그 밀정은 겨우 몇 마디만 남기고 죽었다네. 불행은 그가 죽었다는 사실이야! 그가 칼을 맞았을 때에는 아직 의식이 있었던 모양이야. 틀림없이 직전에 누군가에게서 편지를 빼앗아 간직하고 있다가, 나에게 전해 주라고 야간 경비병들에게 맡길 정도였으니까. 그 편지는 실제로 두 야간 경비병이 나에게 갖다 주었네. 어떤 애인이 나의 아내에게 쓴 편지라네.

라 티스베 그의 이름은요?

안젤로 편지에는 서명이 되어 있지 않았어. 애인의 이름을 물었나? 그것이 바로 나를 미치게 하는 점이야. 암살된 남자는 분명 그 이름을 두 야간 경비병에게 말했지만, 그 얼간이들이! 이름을 잊어버렸다네. 이름을 기억해 내지 못한다고. 각각 제멋대로 이름을 지껄이고 있네. 하나는 로데리고라 우기고, 다른 하나는 판돌포라나 뭐라나?

라 티스베 편지는 갖고 계신가요?

안젤로 (품속을 뒤지더니) 그래. 내가 갖고 있네. 편지를 보여 주려고 자네를 오라고 불렀네. 혹시 요행히도 자네가 필체를 알면 나에게 말해 주게. (그는 편지를 꺼낸다.)—여기 있네.

라 티스베 이리 줘 보세요.

안젤로 (손으로 편지를 마구 구기면서) 초조해서 죽을 지경이네, 티스베! 어떤 놈이 감히! 말리피에리의 아내에게 감히 눈독을 들이다니! 베네치아의 황금 책자 중에서도 가장 훌륭한 책장에, 나의 이름, 말리피에리라는 이름이 있는 곳에 오점을 남기려 한 놈이 있다니! 그날 밤 그놈이 이 방에 있었어. 어쩌면 내가 있었을지도 모를 광장을 그놈이 밟고 걸어갔어. 어떤 몹쓸 놈이 바로 이 편지를 썼는데도, 그놈을 잡을 수가 없다니! 모욕을 받고도 복수를 못하다니! 이 마루 위에서 그에게 피바다를 만들어 줄 수 없다니! 오! 누가 이 편지를 썼는지 알 수만 있다면, 아버님이 물려주신 칼도, 나의 10년치 생명도, 내 오른쪽 손이라도 내어 주겠네, 티스베!

라 티스베 편지 좀 보여 주세요.

안젤로 (그녀가 편지를 가져가게 놓아두면서) 읽어 보게.

라 티스베 (편지를 펼쳐 힐끗 본다.—방백으로) 로돌포구나!

안젤로 필체를 알아보겠나?

라 티스베 좀 읽어 보게 해 주세요. (그녀는 읽는다.) — "카타리나, 귀여운 나의 사랑이여, 하느님이 우리를 보호하고 계신다는 것을 잘 알고 있겠지. 간밤에 기적이 그대의 남편과 그 여자로부터 우리를 구해주었어……." (방백으로) — 그 여자라니! (그녀는 계속 읽는다.) — "그대를 사랑해, 카타리나. 그대는 내가 사랑한 유일한 여자야. 내 걱정은 조금도 하지 마. 나는 안전하게 잘 있어."

안젤로 이제 필체를 알겠는가?

라 티스베 (그에게 편지를 돌려주면서) 모르겠는데요, 시장님.

안젤로 모르겠지? 그런데 편지에 대해서는 어떻게 생각하는가? 이놈은 파도바에 최근에 온 놈이 아니야. 옛 사랑의 말투가 분명해. 나는 온 시내를 샅샅이 뒤질 거야. 이놈을 기필코 잡아야 해! 충고해 줄 말은 없는가, 티스베?

라 티스베 찾으세요.

안젤로 오늘 이 저택에는 아무도 마음대로 들어오지 못하게 명령해 두었네. 자네와 자네 동생만 예외로 했네. 동생은 자네가 필요로 할지도 몰라서. 다른 사람은 모두 잡아서 내 앞에 끌고 오라고 명령했네. 내가 직접 심문해야지. 그나마 복수의 절반은 손에 쥐고 있으니 여전히 복수를 하려 하네.

라 티스베 무슨 복수를요?

안젤로 아내를 죽이려 하네.

라 티스베 시장님의 부인을요!

안젤로 모든 준비가 되어 있네. 한 시간 안으로 카타리나 브라가디니는 당연히 참수될 걸세.

라 티스베 참수되다니요!

안젤로 이 방 안에서.

라 티스베 이 방에서요!

안젤로 들어 보게. 더럽혀진 나의 침대는 무덤으로 변할 거네. 그 여자는 반드시 죽어야 해. 그렇게 하기로 결심했네. 너무나 냉철한 정신에서 결정했기 때문에, 어떻게 해 볼 여지가 조금도 없어. 그녀가 아무리 애원해도 내 마음속의 분노를 끄지 못할 거야. 만약 나에게 친구가 있어, 가장 친한 친구가 그녀를 위해 중재하려 든다면, 나는 그 친구를 의심할 걸세. 이게 전부야. 원한다면 그 이야기를 좀 더 하고 싶네. 더구나, 티스베, 나는 그 여자를 증오하네! 집안 사정을 위해 마지못해 결혼한 여자라네. 그 무렵 나의 일들이 대사들 사이에서 막혀 버렸기 때문에, 나의 삼촌인 카스텔로 주교의 환심을 사기 위해 결혼한 여자라네. 그러나 내 앞에서는 항상 슬픈 얼굴과 압제에 신음하는 표정을 짓고 있었어. 나에게 자식도 허락하지 않았네. 게다가 알다시피, 증오는 우리의 혈통과 가문과 전통에 항상 있어 왔네. 말리피에리 가문의 사람은 언제나 누군가를 증오하게 되어 있단 말이네. 성 마르코의 사자[21]가 기둥에서 날아가는 날이 오지 않는 한, 증오가 청동 날개를 펄럭이며 말리피에리의 심장에서 날아갈 일은 없을 거네. 나의 조부는 아쪼 후작을 증오해서 밤중에 베네치아의 우물 속에 빠트려 죽였고, 나의 아버지는 바도에르 행정관을 증오해서 코르나로 여왕의 대향연 자리에서 그를 독살했네. 나는, 이 여자를 증오하네. 그렇다고 그녀에게 딱히 해를 가할 생각은 없었네. 그런데 그녀가 죄를 지은 거야. 그녀에겐 안 된 일이지만 벌을 받을 거네. 내가 그녀보다 낫다는 것은 아니야. 그럴 수 있지. 하지만 그녀는 죽어야 해. 이것은 불가피한 일일세. 결정이 된 일이라고. 그 여자가 죽을 거라는 말이야. 그 여자에게 용서라니! 어머니의 유해가 부탁할지라도, 용서는 어림없네!

라 티스베 베네치아의 영주님께서 허락하시기로는?……

안젤로 용서할 수 있는 권한은 아무것도 허락하지 않았으나, 벌주는 일은 무엇이든 허락하였네.

---

21 성 마르코의 사자(Lion de Saint-Marc) : 구전에 의하면 복음사가 마르코 성인이 유럽 여행 중 베네치아에 도착했을 때 천사가 나타나 "복음사가 마르코여, 평화가 너와 함께 하기를, 너의 육신이 이곳에서 안식을 찾을지어다"라는 계시를 내렸다고 한다. 이 구전은 828년 베네치아의 두 항해사가 알렉산드리아에 있는 성 마르코의 무덤에서 성인의 유해를 베네치아로 훔쳐 온 사실을 정당화하려고 만들어졌을 것이라는 설이 지배적이다. 실제로 유해는 성 마르코 성당(Basilique Saint-Marc)에 안치되어 있다. 날개를 달고, 앞발 사이에 평화를 의미하는 복음서 혹은 전쟁을 의미하는 칼을 지니고, 머리에 후광을 두르기도 하는 이 사자 상은 성 마르코 성당 꼭대기에 조각되어 있는 것이 가장 유명하며, 옛 베네치아 공화국과 현 베네치아市를 상징하는 문양이기도 하다. 베니스 국제영화제의 황금사자상도 여기서 유래했다.

라 티스베 그러나 브라가디니 가문과 부인의 가족이?……

안젤로 나에게 고맙다 하겠지.

라 티스베 결정은 이미 끝났다는 말씀이군요. 그녀가 죽을 거라고요, 잘 하셨어요. 찬성이에요. 그러나 모든 것이 아직은 비밀이고, 어떤 이름도 거론된 적이 없으니, 그녀에게는 형벌을, 이 저택에는 피의 흔적을, 시장님께는 대중의 평판과 소문을 줄일 방법은 없을까요? 사형 집행인은 하나의 증인이에요. 증인은 하나만 있어도 너무 많지 않나요?

안젤로 그러네. 독약이 차라리 낫기는 하겠지만, 그러려면 약효가 빠른 독약이 필요한데, 지금 그런 것이 나에게 없다는 걸 자네는 믿지 않겠지.

라 티스베 제가 갖고 있어요, 제가요.

안젤로 어디에?

라 티스베 저의 집에요.

안젤로 무슨 독인가?

라 티스베 말라스피나 독이에요. 성 마르코 성당 성가대장님이 저에게 보내준 상자를 아시지요?

안젤로 알고 있네. 자네가 이미 말한 적이 있었네. 그것이라면 확실하고 약효가 빠른 독이지. 그러네, 자네 생각이 옳아. 모든 것이 우리 둘 사이에서 처리되는 편이 낫겠네. 들어 보게, 티스베. 자네를 전적으로 믿어서 하는 말인데, 내가 어쩔 수 없이 해야 하는 이 일이 합법적이라는 사실을 이해하겠지? 내가 복수하는 것은 나의 명예 때문이야. 누구든지 나의 처지가 되고 보면, 나와 똑같이 행동할 걸세. 내가 하려는 일은 불길하고 어려운 일이네. 나에게 친구라고는 자네뿐이야. 자네밖에 믿을 수 없어. 신속한 처리와 비밀은 그녀에게나 나에게나 이익이 되네. 나를 도와 주게. 자네가 필요해. 부탁하네. 그렇게 해 주겠나?

라 티스베 그럴게요.

안젤로 사람들이 방법도 이유도 알지 못하게 감쪽같이 그 여자를 없애 주게. 웅덩이가 파져 있고 미사가 진행되고 있지만 누구를 위한 것인지는 아무도 모르네. 내가 확실히 지키고 있는 두 야간 경비병들을 시켜서 시체를 들어내게 하겠네. 자네 생각이 옳아. 이 모든 일은 어둠 속에 묻어 두세. 사람을 보내어 독약을 가져오도록 하게.

라 티스베 독약이 어디 있는지는 저만 알고 있어요. 제가 직접 가야 해요.

안젤로 다녀오게, 기다릴 테니. (티스베가 나간다.) — 그래, 이렇게 하는 편이 낫지. 범죄가 암흑으로 덮여 있었으니 형벌도 암흑 속에 묻혀야 해. (기도실의 문이 열리고, 수석 사제가 시선을 아래로 향한 채 두 팔을 가슴 위에 십자 모양으로 얹고서 나온다. 그는 천천히 방을 가로질러 간다. 그가 안쪽 문으로 나가려는 순간에 안젤로가 그를 향해 돌아선다.) — 그녀는 준비가 되었나요?

수석사제 예, 시장님.

(그는 나가고, 카타리나가 기도실 문턱에 나타난다.)

— 제4장 —

안젤로, 카타리나

카타리나 준비라니요, 무슨 준비 말씀인가요?

안젤로 죽을 준비요.

카타리나 죽다니요! 정말이에요? 있을 수 있는 일이에요? 오! 생각조차 할 수 없어요. 죽다니요! 아니에요, 나는 준비가 되지 않았어요. 준비가 되지 않았다고요. 아무런 준비가 되지 않았어요, 여보!

안젤로 준비하려면 시간이 얼마나 필요하오?

카타리나 오! 모르겠어요. 많이 필요해요!

안젤로 용기가 나지 않을 것 같소, 부인?

키티리나 이렇게 갑자기 죽다니! 하지만 죽어야 할 만큼 잘못한 것이 아무것도 없어요. 제가 잘 알아요, 제가요! 여보, 여보, 하루만 더 주세요! 아니에요, 하루가 아니에요. 내일이면 용기가 더 없어질 것 같아요. 하루가 아니라 목숨을 주세요! 살려 주세요! 수도원으로 보내 주세요! 말해 보세요, 나를 살려 주는 것이 정말 불가능한가요?

안젤로 가능하오. 당신을 살려 주려면, 말했듯이 한 가지 조건이 있소.

카타리나 조건이라니 무슨 조건이에요? 기억이 나질 않아요.

안젤로 누가 이 편지를 썼소? 말해 보시오. 그놈 이름을 대시오. 그놈을 나에게 넘기시오.

카타리나 (손을 꼬면서) 맙소사!

안젤로 만약 그놈을 나에게 넘겨주면 당신은 살 것이오. 그에게는 단두대를, 당신에게는 수도원을, 그만 하면 충분할 거요. 결정하시오.

카타리나 어쩌나!

안젤로 왜 대답이 없소?

카타리나 예, 대답 할게요, 이를 어쩌지!

안젤로 결정하시오, 부인!

카타리나 저 기도실 안이 추웠어요. 지금도 추워 죽겠어요.

안젤로 들어 봐요. 나는 당신에게 너그러운 사람이 되고 싶어요, 부인. 한 시간을 주겠어요. 한 시간이 아직 당신에게 남아 있다고요. 그동안 당신 혼자 있게 해 주겠어요. 아무도 이곳에 못 들어오게 하겠어요. 이 시간을 이용해서 심사숙고해 보세요. 편지는 탁자 위에 두고 갈게요. 아래쪽에 그 사람 이름을 쓰세요, 그러면 살려 주겠어요. 카타리나 브라가디니, 당신에게 한 말은 철칙이에요. 그 사람을 넘기든지, 아니면 죽음이에요. 선택하세요. 당신에게 한 시간이 있어요.

카타리나 오!…… 하루를.

안젤로 한 시간이오.

(그는 나간다.)

— 제5장 —

카타리나 (혼자 남아서) 이 문은…… (그녀는 문으로 간다.) — 오! 자물쇠 잠그는 소리가 들리는구나! (그녀는 창문으로 가서 내려다본다.) — 오! 이 창문은 너무 높구나! (그녀는 의자 위에 쓰러지듯 앉는다.) — 죽다니! 죽음이라는 생각이 예상치 못한 순간에 갑자기 마음을 덮칠 때에는 정말 무서운 것이로구나! 살아서 생각할 수 있는 시간이 한 시간뿐이라니! 나에게 남은 것이 한 시간뿐이라니! 이런 일들이 어느 정도로 끔찍한지를 알려면 누구나 자신에게 직접 일어나 봐야 알 거야. 온 몸이 부서지는 것 같구나. 의자 위가 불편해. (그녀는 일어난다.) — 쉬려면 침대가 좀 더 편하겠지. 잠시나마 휴식을 취할 수 있다면! (그녀는 침대로 간다.) — 잠깐만이라도 쉬어야지. (그녀는 커튼을 젖히다가 몸서리치며 물러선다. 침대가 있던 자리에 검은 천을 씌운 단두대와 도끼가 있다.) — 이런! 저기 보이는 것이 뭐지? 오! 끔찍해. (그녀는 경련을 일으키듯 커튼을 다시 닫는다.) — 더 이상 보고 싶지 않아. 이럴 수가! 이것이 나를 위한 것이라니, 이런 것이! 어쩌나! 나 혼자 여기서 이런 물건들과 함께 있어야 하다니! (그녀는 의자 있는 곳까지 몸을 끌며 간다.) — 내 뒤에, 그것이 나의 뒤에 있어! 오! 머리도 못 돌리겠네. 자비를, 자비를 베풀어 주세요. 여기서 벌어지고 있는 일들이 분명 현실임을, 꿈이 아님을 당신들은 아시겠지요, 저 커튼 뒤에 물건들이 있으니까요!

(안쪽 문이 열리고 로돌포가 나타난다.)

— 제6장 —[22]

카타리나, 로돌포

카타리나 (방백으로) 아니, 로돌포가!

로돌포 (뛰어오면서) 그래, 나야, 카타리나. 잠시 와 봤어. 혼자 있구나. 이게 웬 행운이지!…… — 그런데 안색이 몹시 창백하네. 겁에 질린 표정이야!

카타리나 당신이 지금 하고 있는 행동은 분명 무모한 행동이라고 생각해요. 이 대낮에 여길 오다니요!

로돌포 아! 너무 불안해서 와 봤어. 견딜 수가 없었다고.

카타리나 불안하긴, 뭐가요?

로돌포 이야기할게요, 내 사랑 카타리나…… 이렇게 평온한 당신을 여기서 보니 참으로 행복하오!

카타리나 어떻게 들어왔죠?

---

22 이 작품에서 주인공의 감정과 상황에 따라 호칭이 가장 많이 바뀌는 장면이다. 하나의 대화 도중에도 바뀌고 심지어 하나의 문장 속에서도 바뀌기 때문에 어법에 맞지 않는 표현으로 간주될 수도 있으나, 그만큼 카타리나의 초조한 심정과 로돌포의 수동적인 태도를 잘 알려 주기도 한다. 특히 변하는 호칭과 함께 로돌포에게 행여 위험한 일이라도 닥칠까 봐 불안해 하는 카타리나의 애절한 모습과 눈치 없이 행복해 하는 로돌포의 모습이 알레그로, 안단테의 리듬 속에서 반복 진행되는 클라이맥스라고 할 수 있다.

로돌포 그대가 직접 나에게 맡겼던 그 열쇠로.

카타리나 그건 잘 알아. 하지만 저택에는?

로돌포 내가 불안한 것은 정확히 그 때문이야. 쉽게 들어오긴 했지만 쉽게 나갈 수는 없어.

카타리나 뭐라고?

로돌포 대위가 정문에서 예고했어. 밤이 되기 전에는 아무도 나갈 수 없다고.

카타리나 밤이 되기 전에는 아무도 나갈 수 없다니! (방백으로) —달아나기는 글렀구나, 오! 이를 어쩌지!

로돌포 사람들이 지나다니는 모든 통로에는 경찰들이 깔려 있어. 저택에는 감옥처럼 보초가 서 있고. 나는 큰 회랑으로 용케 숨어 들어와서 여기까지 온 거야. 정말로 여기는 아무 일도 없다고 맹세할 수 있지?

카타리나 그럼, 아무 일도 없어, 아무 일도. 안심해, 나의 로돌포. 여기는 모든 것이 평소와 같아. 보라고. 이 방 안에는 흐트러진 것이 아무것도 없잖아. 하지만 속히 나가 봐. 시장이 들어올까 봐 겁이 나.

로돌포 아니야, 카타리나. 그 점은 조금도 걱정 마. 시장은 지금 저 아래 몰리노 다리 위에 있어. 방금 체포된 사람들을 심문 중이야. 얼마나 불안했는지 몰라, 카타리나! 오늘은 모든 것이 이상해 보여. 시가지도 이 저택도 마찬가지야. 경찰 무리들과 베네치아 민병대들이 거리를 활보하고 있고, 성 안토니오 성당에는 검은 장막이 쳐져 있고, 사람들은 추모 기도의 노래를 부르고 있는데, 누구를 위한 추모인지는 아무도 몰라. 당신은 알고 있나요?

카타리나 몰라.

로돌포 성당에는 들어갈 수가 없었어. 온 시가지가 경악에 휩싸여 있어. 모두 낮은 소리로 말을 하고 있고. 어디선가 분명 무서운 일이 일어나고 있는데, 어딘지를 모르겠어. 이곳은 아니라는 것만이 나에게는 중요해. 딱한 친구 같으니라고, 넌 홀로 외롭게 있어서 이 모든 것을 느끼지 못하는 거라고!

카타리나 그래, 못 느껴.

로돌포 그렇다면 나머지 일은 우리와 아무 상관없어! 간밤의 소란에서는 진정이 되었니? 오! 도대체 무슨 그런 일이 있었을까! 아직 하나도 이해가 안 돼. 카타리나, 내가 오모데이 밀정으로부터 너를 구해 냈어. 이제 너에게 나쁜 짓 못할 거야!

카타리나 그렇게 생각해?

로돌포 그는 죽었어. 카타리나! 거 봐, 너에게 확실히 뭔가 있어, 너의 표정이 슬퍼 보여. 카타리나! 나에게 뭔가 숨기고 있는 건 아니지? 적어도 무슨 일이 일어난 건 아니지? 오! 너의 목숨을 가져가려면, 내 목숨부터 먼저 가져가야 할 거야.

카타리나 없어, 아무 일도 없어. 아무 일도 없다고 맹세해. 다만 네가 밖으로 나가 주면 좋겠어. 너 때문에 겁이 나서 그래.

로돌포 내가 들어왔을 때 넌 뭘 하고 있었니?

카타리나 아! 어쩌나! 진정해요, 나의 로돌포, 나는 슬퍼하지 않았어요, 그 반대였어요. 당신이 멋지게 불러 주던 노래 곡조를 되새겨 보려고 애쓰던 중이었어요. 저것 보세요. 기타가 아직 저기 있잖아요.

로돌포 오늘 아침에 너에게 편지를 썼어. 마침 레지넬라를 만나서 편지를 맡겼는데, 혹시 편지가 도중에 차단되지는 않았겠지? 편지는 너에게 잘 전달되었니?

카타리나 그럼요, 너무나 잘 전달되어서 저기 있잖아요.

(그녀는 그에게 편지 있는 곳을 가리킨다.)

로돌포 아! 네가 갖고 있구나. 편지 쓸 때는 늘 불안하단 말이야.

카타리나 오! 이 저택의 모든 출구를 지키고 있다니! 밤이 되기 전에는 아무도 나갈 수 없다니!

로돌포 이미 말했듯이 아무도 나갈 수 없어. 그건 명령이야.

카타리나 자! 이제, 당신은 나와 이야기도 했고, 나를 보았고, 어수선한 시가지와는 달리 이곳은 모두가 평온한 것을 보고 안심했을 테니, 제발 나가 줘요, 나의 로돌포! 만약 시장이 들어오기라도 하면! 얼른 떠나요. 저녁까지는 이 저택에서 머물러야 하니, 어디 보자, 내가 외투 단추를 직접 잠가 줄게. 이제 됐어. 모자도 쓰고. 경찰들 앞에서는 편안하고 자연스러운 표정을 지어. 그들을 피하려고 다정한 척하지 마. 조심하지도 말고. 조심하면 티가 나. 혹시라도 누가 무언가를 쓰라고 하면, 혹 밀정이나, 너에게 함정을 파 놓은 누군가가 구실을 갖게 될 테니 절대로 써주지 마.

로돌포 왜 이런 부탁을 하지, 카타리나?

카타리나 왜냐고? 사람들이 너의 필체를 보는 것이 싫어, 내가 싫단 말이야. 이건 내 예감이야. 친구여, 잘 알다시피 여자들은 자신만의 예감을 갖고 있어. 이렇게 와 주고 들어와 주고, 머물러 주어서 고마워. 너를 만나 기뻤어. 여기서 나는 평온하고, 즐겁고, 만족하며, 기타도 저기 있고 편지도 받았다는 것을 분명히 봤지. 그러니 이제 속히 가 봐. 네가 떠나 주면 좋겠어. — 한마디만 더 할게.

로돌포 뭔데?

카타리나 내가 지금껏 당신에게 아무것도 허락한 적이 없었다는 것을, 로돌포, 너는 잘 알고 있겠지, 너만은![23]

---

23 Rodolfo, vous savez que je ne vous ai jamais rien accordé, tu le sais bien, toi!

로돌포 그래서?

카타리나 오늘은 내가 너에게 부탁 하나 할게, 로돌포! 키스 한 번만!

로돌포 (그녀를 포옹하면서) 오! 이런 행운이!

카타리나 하늘에라도 올라가는 기분이야!

로돌포 이렇게 행복할 수가!

카타리나 행복하니?

로돌포 행복하고말고!

카타리나 이제 나가 봐, 나의 로돌포!

로돌포 고마워!

카타리나 잘 가! — 로돌포! (로돌포는 문까지 가다가 멈추어 선다.) — 사랑해.

(로돌포는 나간다.)

— 제7장 —

카타리나 (홀로) 그와 함께 도망친다면! 한순간이나마 그런 생각을 했었지. 맙소사! 그와 함께 도망이라니! 불가능한 일이야! 부질없이 그를 잃고 말겠지. 그에게 아무 일도 일어나지 않아야 할 텐데! 경찰들이 그를 체포하지만 않는다면! 그가 오늘 저녁에 나가게만 해 준다면! 아니야, 그는 의심받을 이유가 없어. 하느님, 그를 구해 주세요! (그녀는 복도의 문으로 가서 귀를 기울인다.) — 아직 그의 발자국 소리가 들리네. 내 사랑! 점점 멀어지는구나. 더 이상 아무 소리도 안 들려. 이젠 끝이야. 안전하게 잘 가, 나의 로돌포! (큰 문이 열린다.) — 이런!

(안젤로와 티스베가 들어온다.)

— 제8장 —

카타리나, 안젤로, 라 티스베

카타리나 (방백으로) 저 여자는 뭐지? 간밤의 그 여자가 아닌가.

안젤로 곰곰이 생각해 보았나요, 부인?

카타리나 예, 여보.

안젤로 당신이 죽든지, 아니면 편지 쓴 사람을 나에게 넘겨주어야 하오. 그 사람을 나에게 넘겨주기로 결심했나요, 부인?

카타리나 그런 생각은 단 한순간도 안 해 봤어요, 여보.

라 티스베 (방백으로) 그대는 얼마나 훌륭하고도 용기 있는 여인인가, 카타리나!

(안젤로가 티스베에게 신호를 하니 그녀는 흰색 병을 그에게 건네고 그는 병을 탁자 위에 놓는다.)

안젤로 그렇다면, 이것을 마시시오.

카타리나 독약인가요?

안젤로 그렇소, 부인.

카타리나 오, 하느님! 언젠가 이 사람의 죄를 판단하시겠지요. 그에게 자비를 베풀어 주십사 부탁드립니다.

안젤로 부인, 브라가디니 가문의 한 사람이며, 당신 조상들 중에 한 사람인 우르세올로 감독관도 같은 죄에 대해서 같은 방식으로 아내인 마르셀라 갈바이를 죽였소.

카타리나 간단하게 얘기하죠. 이것 보세요, 브라가디니를 들먹일 문제가 아니지요. 당신은 비열해요. 당신이 이처럼 냉정하게 독약을 손에 들고 나타나다니! 내가 죄를 지었다고요? 아뇨, 난 죄가 없어요. 적어도 당신이 생각하는 그런 죄는 짓지 않았어요. 그러나 변명하려고 나 자신을 낮추지는 않겠어요. 당신은 언제나 거짓말을 하기 때문에, 나를 믿지 못하는 거예요. 그래요, 나는 진정으로 당신을 경멸해요! 당신은 돈 때문에, 내가 부자였고, 나의 가문이 베네치아 저수지의 물 소유권을 갖고 있었기 때문에 나와 결혼했지요. 그때 당신은 '이건 매년 10만 두카토[24]를 가져다주겠군, 이 여자를 잡자'라고 말했지요. 그런데 지난 5년간 당신과의 생활은 어떠했나요? 말해 보세요! 당신은 나를 사랑하지 않아요. 질투만 하지요. 당신은 나에게 감옥살이를 시키고 있어요. 당신은 정부를 두어도 허용되죠. 남자들에게는 모든 것이 허용되니까요. 나에게는 언제나 냉혹하고 음침한 사람이었어요. 호의적인 말 한마디 해 주지 않았죠. 당신 조상들 얘기와 당신 가문에서 나온 총통들 얘기만 끊임없이 하면서, 나의 가문을 업신여겼죠. 그런 것이 여자를 행복하게 해 주는 것이라고 생각하다니! 오! 여자의 운명이 어떤 것인가를 알려면, 내가 겪은 고통을 겪어 봐야 알 거예요. 그래요, 여보, 나는 당신을 알기 전에 한 남자를 사랑했고 지금도 사랑하고 있어요. 당신은 그 때문에 나를 죽이려는 거잖아요. 당신이 그런 권리를 갖고 있다면, 우리가 살고 있는 시대가 흉악한 시대라는 점을 인정해야 해요. 아! 당신은 퍽이나 행복하겠군요! 편지도, 종이 쪼가리도, 나를 죽일 구실도 갖고 있으니까요! 아주 멋지네요! 나를 재판하고, 유죄를 선고하고, 형을 집행할 수 있어서요! 어둠 속에서. 비밀리에. 독살이라. 당신은 힘이 있어 좋겠어요. — 하지만 이건 비겁한 짓

24 각주 9 참조.

이에요. (티스베 쪽을 돌아보면서) — 당신은 저 남자를 어떻게 생각하나요?

안젤로 조심해요!……

카타리나 (티스베에게) 도대체 당신은 누구예요? 나에게 원하는 것이 뭐예요? 당신 하는 짓이 가관이군요! 당신은 내 남편의 공공연한 정부지요. 나를 해쳐서 이익을 얻고, 나를 염탐하고, 약점을 잡아 유리한 고지에 서 있군요. 남편이 행하는 가증스러운 일을 돕고 있다니. 어쩌면 독을 제공한 자가 당신이라는 사실을 누가 알기나 하겠어요? (안젤로에게) — 당신은 이 여자를 어떻게 생각하나요, 여보?

안젤로 부인…….

카타리나 사실은 우리 셋 모두 저주받을 나라에 살고 있어요. 당신처럼 남자는 불행한 여자를 짓밟고 활보해도 벌을 받지 않는 이 나라는 너무나도 추악한 공화국이에요, 여보! 이 나라의 다른 남자들은 당신에게 이렇게 말하겠지요 : 너 아주 잘했어. 포스카리는 딸을 죽였고, 로레다노는 아내를 죽였으며, 브라가디니는…… — 치사한 일이 아니라면 부탁이니 조금만 더 들어 주세요. 그래요, 지금 이 순간, 이 방 안에는 베네치아가 고스란히 들어 있어요! 베네치아 전체가 당신들 두 사람에게 있다고요! 부족할 것이 하나도 없어요. (안젤로를 가리키면서) — 압제하는 베네치아는 바로 거기 있어요. (라 티스베를 가리키면서) — 아첨하는 베네치아는 바로 여기 있어요. (티스베에게) — 내 말이 지나쳤다 해도 어쩔 수 없어요, 부인, 당신은 왜 여기 있는 거죠?

안젤로 (그녀의 팔을 잡아당기면서) 자, 부인 이제 끝냅시다.

카타리나 (약병이 놓여 있는 탁자로 다가간다.) 자, 당신이 원하는 일을 마무리해 줄게요. (그녀는 약병을 향해 손을 내민다.) — 꼭 그래야 한다니까…… (그녀는 물러난다.) — 아니에요! 이건 너무 잔인한 짓이에요! 난 원치 않아요. 절대로 할 수 없어요. 하지만, 시간이 있는 한 조금만 더 생각해 보세요. 당신은 절대적인 권력을 갖고 있으니 신중하게 생각해 보세요. 한 여자를, 외로이, 버려진 채, 힘도 없고, 방어책도 없고, 부모도, 가족도, 친구도, 아무도 없는 여자를! 그런 여자를 암살하다니요! 집 한 구석에서 무자비하게 독살하다니요! — 어머니! 어머니! 어머니!

라 티스베 불쌍한 여자로구나!

카타리나 당신이 '불쌍한 여자'라고 말했어요, 부인! 당신이 그렇게 말했어요! 오! 내가 분명히 들었어요! 당신이 그런 말 하지 않았다고 하지 마세요! 그러니 당신에게는 연민의 정이 남아 있군요, 부인? 좀 더 불쌍하게 생각해 주세요! 저 사람이 나를 암살하려는 것을 보고 있잖아요. 당신도 그러길 원하나요, 당신도? 오! 있을 수 없는 일이에요. 그렇지 않아요? 내가 설명할게요. 당신에게 사연을 이야기할게요. 그다음에 당신이 시장에게 말해 주세요. 그가 하는 짓이 잔인한 짓이라는 것을 알려 주세요. 나는 말해 봤자 아무런 효과가 없겠지만, 당신이 말하면 효과가 더 클 거예요. 남자에게 이성을 되찾게 하려면, 가끔 이해관계가 없는 제 삼자의 말 한마디로 충분할 때가 있는 법이잖아요. 만약 조금 전에 당신에게 모욕을 가했다면, 용서해 주세요. 나는 나쁜 짓을 결코 하지 않았어요. 진짜로 나쁜 짓은 하지 않았어요. 나는 언제나 정직했어요. 당신이 나를 이해해 주리라는 걸 잘 알고 있어요. 그러나 남편에게 이런 말 해 봐야 소용없어요. 남자들은 우리를 절대로 믿으려고 하지 않는다는 것을 당신도 알지요? 하지만 우리는 가끔 그들에게 너무나 진실한 이야기들을 하곤 하지요. 부인! 부디 나에게 용기를 내라고 말하지 말아 주세요. 내가 억지로 용기를 내어 약을 마셔야만 하나요? 나는 한낱 연약한 여자에, 동정받아 마땅한 여자에 불과하다는 것을 창피하게 여기지 않아요. 내가 우는 것은 죽음이 두렵기 때문이에요. 이것은 나의 잘못이 아니에요.

안젤로 부인, 더 이상 기다릴 수가 없소.

카타리나 아! 당신이 말을 가로막는군요. (라 티스베에게) — 그가 말을 가로막는 걸 봤죠? 이건 정당하지 않아요. 나의 얘기가 당신의 마음을 움직일까 봐 그걸 눈치챈 거예요. 그래서 말을 끝까지 못하게 막는 거라고요. 내 말을 자르는 거라고요. (안젤로에게) — 당신은 괴물이에요.

안젤로 너무 심하구나. 카타리나 브라가디니, 지은 죄는 벌을 원하고, 파여진 웅덩이는 관을 원하며, 모욕받은 남편은 마누라의 죽음을 원하는 법이야. 하늘에 있는 하느님께 맹세코 말하지만, 네가 무슨 말을 하든지 그것은 헛된 낭비일 뿐이야.[25] (약병을 가리키면서) — 부인, 마시겠소?

카타리나 싫어요!

안젤로 싫다고? — 그렇다면 처음 생각으로 돌아가야겠군. 칼을 가져오너라, 칼을! 트로일로! 가서 가져와…… 내가 가야지…….

(그가 화를 내며 안쪽 문으로 나가자, 밖에서 다시 문 닫는 소리가 들린다.)

— 제9장 —

카타리나, 라 티스베

---

25 안젤로가 부인 카타리나에게 '너(tu)'를 사용하는 것은 이 장면 하나뿐이다. 라 티스베에게도 '너'를 사용한 적이 없다.

라 티스베 잘 들으세요! 얼른요! 우리에게는 한순간의 여유밖에 없어요. 그가 사랑하는 사람은 당신이니까, 오직 당신 자신만을 생각해야 해요. 저 사람이 원하는 대로 해 주세요. 그렇지 않으면 목숨을 잃게 돼요. 더 자세히 설명할 수는 없어요. 당신은 지금 이성적이지 못해요. 조금 전에 나도 모르게 불쌍한 사람이라는 말이 새어 나왔죠. 당신은 이성을 잃고 그 말을 큰소리로 따라 했어요. 시장 앞에서 말이에요. 그에게 이 말은 의심할 여지를 줄 수도 있었는데 말이에요. 설사 내가 당신에게 사연을 얘기해도, 지금 당신 감정이 너무 격해 있어, 평정심을 잃을 수 있어요. 그러면 모든 일이 도로 아미타불이 되고 말아요. 시키는 대로 하세요! 마시세요. 칼은 용서가 없다는 걸 알잖아요. 더 이상 저항하지 마세요. 내가 무슨 말을 해 주면 좋겠어요? 사랑받고 있는 사람은 당신이에요. 나는 어떤 사람이 나의 은혜를 고맙게 여겨 주기를 바랄 뿐이에요. 당신은 지금 내가 하는 말을 이해하지 못할 거예요. 그래요, 당신에게 이런 말을 하자니 내 가슴이 애이듯 아파요!

카타리나 부인…….

라 티스베 그가 하라는 대로 하세요, 저항도, 한마디 대꾸도 하지 마세요. 특히 당신 남편이 나에게 갖고 있는 신뢰를 흔들려고

하지 마세요. 아시겠어요? 지금 당신의 정신이 너무 혼란스럽기 때문에 나는 감히 더 자세히 설명할 수도 없고, 모든 것을 다시 말할 수도 없어요. 그래요. 이 방 안에는 죽어야 할 불쌍한 여자가 분명히 있어요. 하지만 그 사람이 당신은 아니에요. 알아들었나요?

카타리나 당신이 원하는 대로 할게요, 부인.

라 티스베 좋아요. 그가 돌아오는 소리가 들리네요! (티스베는 안쪽 문이 열리는 순간에 그 문으로 달려간다.) — 혼자! 혼자! 혼자 들어오세요!

(옆방에서 경찰들이 칼집을 벗긴 칼을 들고 서 있는 모습이 문틈으로 엿보인다. 안젤로가 들어오고 문이 닫힌다.)

— 제10장 —

카타리나, 라 티스베, 안젤로

라 티스베 부인께서 체념하시고 독약을 마시기로 결심하셨어요.

안젤로 (카타리나에게) 그렇다면, 즉시 마시시오, 부인.

카타리나 (약병을 들면서, — 티스베에게) 당신이 남편의 정부라는 것을 알고 있어요. 만약 당신의 은밀한 생각이 나를 배신하려는 생각이라면, 나를 죽이려는 수작이라면, 터무니없이 욕심을 부려 내 자리를 차지하려는 야망이라면, 그건 역겨운 행위가 될 거예요. 부인, 비록 스물두 살의 나이에 죽는 것이 참혹한 일이기는 하지만, 당신이 하는 행동보다는 내가 하는 행동이 오히려 낫다고 생각해요.

(그녀는 마신다.)

라 티스베 (방백으로) 저런, 왜 저렇게 쓸데없는 말을 하고 있을까!

안젤로 (안쪽 문으로 가서 문을 조금 열고) 물러들 가라!

카타리나 아! 그것을 마시고 나니 피가 얼어붙는구나! (라 티스베를 응시하면서) — 아! 부인! (안젤로에게) — 이제 만족하나요, 여보? 곧 죽을 것만 같아요. 이젠 당신이 두렵지 않아요. 이제 나의 악마인 당신에게 말합니다. 잠시 후 하느님에게도 똑같이 말할 거예요 : "나는 한 남자를 사랑했어요, 그러나 나는 순결합니다!"라고.

안젤로 나는 당신을 믿지 않소, 부인.

라 티스베 (방백으로) 나는 그녀를 믿어요, 나는!

카타리나 기력이 빠져가는구나…… 아니, 그 의자는 싫어요. 건드리지 마세요. 이미 말했지요, 당신은 비열한 인간이에요. (그녀는 비틀거리면서 기도실 쪽으로 간다.) — 나는 저기 있는 기도대 앞에서, 무릎을 꿇고 죽고 싶어요. 편안하게, 혼자 죽고 싶어요. 당신들이 나를 내려다보고 있지 않는 곳에서 하느님에게 기도하면서 죽고 싶어요. (문에 도달하자 문 가장자리에 몸을 기대면서 안젤로에게) — 당신을 위해 기도할게요, 여보.

(그녀는 기도실 안으로 들어간다.)

안젤로 트로일로! (문지기가 들어온다.) — 나의 가방에서 열쇠를 갖고 비밀 방으로 가거라. 거기에 남자 두 명이 있을 것이다. 그들을 데리고 오너라. 아무 말 하지 말고. (문지기가 나간다. 티스베에게) — 나는 이제 잡혀 온 사람들을 심문하러 가야 하네. 두 야간 경비병에게 일러둘 터이니, 티스베, 나머지 일은 자네가 알아서 수고해 주게. 비밀을 특히 당부하네!

(문지기에게 인도되어 두 야간 경비병이 들어 오고 문지기는 물러간다.)

— 제11장 —

안젤로, 라 티스베, 오르페오, 가보아르도

안젤로 (야간 경비병들에게) 너희들은 이 저택에서 야간 처형을 자주 해 본 경험이 있지. 무덤들이 있는 지하 창고를 알고 있느냐?

가보아르도 예, 시장님.

안젤로 가령 오늘은 집안에 병사들이 가득 차 있으니, 그만큼 은밀한 내왕도 많겠지? 너희들은 지하유골안치소에 내려가서 들어갔다가 아무에게도 들키지 않고 저택에서 나갈 수 있겠느냐?

가보아르도 그 누구의 눈에도 띄지 않게 들어갔다가 나갈 수 있습니다, 시장님.

안젤로 좋아. (그는 기도실 문을 조금 열고, 두 야간 경비병에게) — 저기 죽은 여자가 있다. 너희들은 저 여자를 비밀리에 지하유골안치소에 내려다 놓아라. 거기 가면 포석 판이 옮겨져 있고 웅덩이가 파여져 있을 것이다. 이 여자를 웅덩이에 넣은 다음, 판을 제자리에 얹어 두어라. 알아들었느냐?

가보아르도 예, 시장님.

안젤로 반드시 나의 처소를 거쳐 가거라. 거기 있는 사람들을 모두 나가게 해 놓을 테니. (라 티스베에게) — 모든 일이 은밀하게 진행되도록 지켜봐 주게.

(그는 나간다.)

라 티스베 (손가방에서 돈 주머니를 꺼내면서 두 사람에게) 금화 200 체키노가 주머니에 들어있어요. 당신들 몫이에요. 지금부터 내가 말하는 모든 일을 잘 해 주면, 내일 아침에 두 배를 더 줄게요.

가보아르도 (돈 주머니를 잡으면서) 거래는 성사되었습니다, 부인. 어디로 가야 하나요?

라 티스베 우선 지하유골안치소로 갑시다.

제3부

침실, 안쪽으로 커튼이 쳐진 규방이 있고 그 안에 침대가 놓여 있다. 규방에는 사방으로 문이 있다; 오른쪽 문은 벽지로 위장되어 있다. 침실에는 탁자들, 가구들, 의자들이 있고, 그 위에는 가면들, 부채들, 반쯤 열린 보석 상자들, 무대 의상들이 어지러이 흩어져 있다.

—제1장—

라 티스베, 가보아르도, 오르페오, 흑인 시동, 카타리나(수의에 싸인 채로 침대에 누워 있다. 그녀의 가슴 위에 구리 십자가가 뚜렷하게 보인다.)

(라 티스베가 거울을 들고, 카타리나의 창백한 얼굴을 보여준다.)

라 티스베 (흑인 시동에게) 촛불을 들고 가까이 오너라. (그녀는 카타리나의 입술 앞에 거울을 놓아둔다.) — 내 마음이 편안하구나! (그녀는 규방의 커튼을 다시 닫는다. 두 야간 경비원에게) — 저택에서 여기까지 오는 동안 당신들을 본 사람이 아무도 없다고 장담할 수 있지요?

가보아르도 밤은 칠흑 같고, 이 시각에 시가지에는 개미 새끼 한 마리도 없습죠. 잘 아시겠지만 우리는 아무도 만나지 않았습니다, 부인. 웅덩이에 관을 넣고 포석 판으로 덮는 것은 직접 보셨지요. 아무 걱정 마십쇼. 우리는 이 여자가 죽었는지 살았는지 모릅니다. 그러나 확실한 것은 온 세상 사람들에게는 그녀가 무덤 속에 묻혀 있다는 것입니다. 그러니 이 여자를 마음대로 하십쇼.

라티스베 좋아요. (흑인 시동에게) — 내가 준비하라고 일러두었던 남자 옷은 어디 있지?

흑인 시동 (어둠 속에 있는 상자를 가리키면서) 저기 있습니다, 마님.

라 티스베 부탁했던 말 두 필은 마당에 있겠지?

흑인 시동 안장을 얹고 굴레를 씌어 두었습니다.

라 티스베 튼튼한 말이겠지?

흑인 시동 물론입니다, 마님.

라 티스베 잘했어. (두 야간 경비병에게) — 베네치아 공화국 밖으로 나가려면 튼튼한 말로 몇 시간이나 걸릴까요?

가보아르도 상황에 따라 다릅죠. 제일 지름길은 교황령 몬테바코로 곧장 가는 건데, 길이 좋아 세 시간이면 됩니다.

라 티스베 그만하면 충분해요. 이제 가 보세요. 오늘 있었던 모든 일은 말이 새나가지 않게 조심해 주세요. 내일 아침에 다시 와서 약속한 돈을 받아가세요. (두 야간 경비병은 나간다. 흑인 시동에게) — 가서 문을 닫아라. 어떤 구실을 대서라도 아무도 못 들어오게 하여라.

흑인 시동 로돌포 나리께서는 특별히 출입하시는데, 그것도 막아야 하나요, 마님?

라 티스베 아니, 그분은 자유롭게 출입하시게 해 드려라. 만약 그분이 오시면 들어오시게 해. 하지만 그분 뿐이다. 다른 사람은 아무도 안 돼. 그리고 이 방에는 이 세상 누구라도 들어오지 못하도록 주의하고, 특히 로돌포가 와도 안 돼. 너도 내가 부르기 전에는 들어오지 않도록 주의해라. 이제 나가 봐.

(흑인 시동이 나간다.)

— 제2장 —

라 티스베, 카타리나(규방 안에 있다.)

라 티스베 그리 오래 기다리지 않아도 되겠구나. — 그녀는 죽기를 원치 않았어. 그 마음 이해할 수 있어. 사랑받고 있다는 사실을 알 때에는 죽고 싶지 않고말고! — 그렇지 않다면, 그의 사랑 없이 사느니 (침대를 향해 돌아보면서) — 그대는 기꺼이 죽었을 거야, 그렇지? 머리가 타는 것처럼 아프구나. 사흘 밤을 못 잤어. 그저께는 축제가 있었고, 어제 밤에는 그들이 만나는 현장을 내가 덮쳤고, 오늘은…… — 오! 오늘 밤에는 자야지! (그녀는 주위에 흩어져 있는 무대 화장 도구들을 힐끗 본다.) — 그래! 우리는 퍽도 행복하지, 우리네 딴 세상 사람들은! 무대 위의 우리에게 사람들은 박수갈채를 보내주지. '부인, 로스몬다 연기를 너무나 잘하더군요!'라고. 바보 얼간이들! 그래, 사람들은 우리를 찬양하고, 아름답다고 하고, 꽃다발 세례를 퍼붓지만, 피를 토할 노릇이야. 오, 로돌포! 로돌포! 그의 사랑을 믿는 것이 내 삶의 필수 요소였었지! 그가 나를 사랑한다고 믿었을 때에는 가끔씩 생각해 보곤 했었어. 만약 내가 죽는다면 그의 곁에서 죽을 거라고, 그의 영혼에서 나의 기억을 지우지 못하게 할 방법을 찾아서 죽을 거라고, 나의 그림자가 영원히 그의 곁에, 그와 다른 모든 여자들 사이에 남아 있게 할 방법을 찾아서 죽을 거라고 생각하곤 했었지. 오! 죽음이란 아무것도 아니지만, 잊혀진다는 것은 나의 인생 전부와도 같아. 그가 나를 잊어버리는 것은 죽기보다 싫은데. 슬프게도! 내가 이 지경이 되고 말았네! 내가 잊혀질 처지에 놓이고 말았어. 세상이 나를 위해 해 준 것이 고작 이것이란 말인가! 사랑의 결실이 고작 이것이라니! (그녀는 침대로 가서 커튼을 열고, 꼼짝 않고 누워 있는 카타리나를 잠시 응시하다가, 십자가를 집어 든다.) — 오! 비록 이 십자가가 이 세상 누구에겐가 행운을 가져다주긴 했지만, 그 행운을 받은 사람은 당신 딸이 아니에요, 어머니!

(그녀는 십자가를 탁자 위에 놓아둔다. 위장된 작은 문이 열리고, 로돌포가 들어온다.)

— 제3장 —

라 티스베, 로돌포, 카타리나(여전히 닫힌 규방에 누워 있다.)

라 티스베 로돌포, 당신이군요! 아! 다행이에요. 마침 당신에게 할 말이 있어요. 들어 보세요.

로돌포 나도 당신에게 할 말이 있소. 내 말 먼저 들으시오, 부인!

라 티스베 로돌포…….

로돌포 혼자 있소, 부인?

라 티스베 혼자 있어요.

로돌포 아무도 못 들어오게 명령하시오.

라 티스베 이미 해 두었어요.

로돌포 저 두 문을 잠글 테니 양해하시오.

(그는 가서 두 문을 닫아 잠근다.)

라 티스베 기다리고 있으니 무슨 말인지 해 보세요.

로돌포 당신 어디 있다가 왔소? 왜 그리 창백하오? 오늘 무슨 짓을 했는지 말해 보시오. 그 손으로 무엇을 했는지 말하시오. 오늘 그 저주받을 시간들을 어디에서 보냈소? 아니오, 말하지 마시오. 내가 말하겠소. 대답도 하지 말고, 부정하지도 말고, 꾸며대지도 말고, 거짓말도 하지 마시오. 내가 다 알고 있소. 모조리 알고 있단 말이오. 내가 모두 알고 있다는 사실을 당신도 잘 알거요, 부인! 당신 가까이 다프네가 있었소. 오직 문 하나를 사이에 두고, 기도실에 다프네가 있었소. 다프네가 거기서 모든 것을 보았고, 모든 것을 들었소. 그녀가 거기에서, 바로 곁에서, 아주 가까이에서 듣고 보았다고요! — 자, 당신들이 뱉은 말들은 다음과 같소. 시장이 '나는 독약을 갖고 있지 않소'라고 말했고, 당신은 '내가 갖고 있어요, 내가요'라고 말했소. — '내가 갖고 있어요, 내가! 내가 갖고 있어요, 내가'라니! 그런 말 했소 안 했소? 조금이라도 거짓말을 하기만 해 보시오. 아! 당신이 독약을 갖고 있었구려, 당신이! 그렇다면 나는 칼을 갖고 있소.

(그는 품에서 단도를 꺼낸다.)

라 티스베 로돌포!

로돌포 당신이 죽음을 준비하도록 15분을 주겠소, 부인!

라 티스베 아! 나를 죽인다고요. 당신이 맨 처음 떠올린 생각이 그것이군요! 이처럼, 당신이 직접, 즉시, 기다려 보지도 않고, 확인도 해 보지 않고 나를 죽이려 하다니요? 당신은 그런 결심을 그렇게 쉽게 할 수 있었나요? 나에 대한 애정이 고작 그 정도였나요? 다른 여자와의 사랑을 위해 나를 죽이다니요! 오, 로돌포! 진정코 당신은 나를 한 번도 사랑한 적이 없었군요. 당신 입으로 말해 보세요.

로돌포 한 번도 없었소.

라 티스베 그렇구나! 나를 죽이는 것은 바로 그 말이다, 이 바보야! 너의 단도는 나의 죽음을 마무리해 줄 뿐이다.

로돌포 당신을 사랑했느냐고요, 내가! 아니요, 그런 것 해 본 적 없소! 한 번도 해 본 적 없소. 그 점은 장담할 수 있소. 천만다행이지요! 기껏해야 동정이라면 모를까!

라 티스베 배은망덕한 놈! 그런데 한 가지만 더 묻자. 그 여자! 네가 그 여자는 진정으로 사랑했니?

로돌포 그녀! 내가 그녀를 사랑했느냐고! 오! 그토록 소원이면 잘 들으시오, 어리석은 여자 같으니라고! 내가 그녀를 사랑했느냐고! 순결하고, 거룩하고, 정숙하고, 성스러운 여인, 나의 생명이요, 피요, 보물이며, 나의 위로, 나의 생각, 내 두 눈의 빛, 나의 종교와도 같은 여인, 이런 것이 그녀에 대한 나의 사랑이오!

라 티스베 그렇다면 내가 잘했네.

로돌포 당신이 잘했다고요?

라 티스베 그래. 내가 잘했어. 넌 내가 어떤 일을 했는지, 그것만이라도 확실히 알고 있니?

로돌포 내가 확실히 모른다고 말하다니! 당신 지금 그 말 두 번째 하고 있소. 하지만 거기에 다프네가 있었소. 되풀이하건대 다프네가 있었다고요. 그녀가 해 준 말들이 아직도 생생하게 귀에 남아 있소 : ― 나리, 나리, 그 방에는 주인마님과 시장님과 또 한명의 다른 여자, 이렇게 세 사람만 있었어요, 그 무서운 여자를 시장님께서 티스베라고 부르셨어요. 기나긴 두 시간 동안, 단말마의 고통과 연민의 두 시간 동안, 나리, 울면서, 기도하면서, 애원하면서, 자비를 구하면서, 살려달라고 애걸하는 불쌍한 주인마님을 그들이 그곳에 붙잡아 두었어요. ― 나의 사랑 카타리나, 당신이 생명을 구걸하다니! ― 무릎을 꿇고, 두 손을 모으고, 그들의 발아래 매달리면서, 살려 달라고 애원하셨어요. 그들은 안 된다고 말했고요. 그리고 독약을 가지러 간 사람은 그 여자 티스베였고, 그녀가 주인마님에게 강제로 독약을 마시게 했어요. 그리고 나리, 가련한 시체를 옮겨간 사람도 그 여자, 그 괴물, 티스베였어요. ― 시체를 어디에 두었소, 부인? ― 그 여자 티스베가 저지른 일은 이상과 같아요! 내가 확실히 아느냐고! (품속에서 손수건을 꺼내면서) — 내가 카타리나 방에서 발견한 이 손수건은 누구 것이오? 당신 것이지요. (십자가를 가리키면서) — 저 십자가! 내가 지금 당신 방에서 보고 있는 저 십자가는 누구 것이오? 그녀 것이지요! 이래도 내가 모든 사실을 모른다고 하겠소? 자, 기도하고, 울고, 외치고, 자비를 구걸하고, 당신이 해야 할 것들을 빨리 하시오, 그리고 끝냅시다.

라 티스베 로돌포!

로돌포 변명할 말이라도 있는 거요? 속히 하시오. 얼른 말해 보시오. 당장 하시오.

라 티스베 아무것도 없다, 로돌포. 네가 들은 모든 것이 진실이다. 모조리 믿어라. 로돌포, 내가 죽기를 원했더니 네가 때맞춰 왔구나. 나는 네 곁에서, 너의 발아래서 죽을 방법을 찾고 있었다. 네 손에 죽는 것은 감히 내가 바라지도 못했던 행복이고말고. 너의 손에 죽다니! 어쩌면 너의 품 안으로 쓰러질지도 모르겠네. 고마울 뿐이야. 적어도 나의 마지막 말을 네가 들어 주리라는 것은 확실하니까. 비록 넌 원하지 않겠지만 나의 마지막 숨소리도 네가 듣겠네. 너도 알다시피 나는 살아야 할 이유가 전혀 없어. 나를 사랑하지 않는다면 죽여 다오. 그것이 지금 네가 나를 위해 해 줄 수 있는 유일한 일이야. 나의 로돌포, 이런 식으로 네가 나를 책임지려는구나. 알았어. 고마워.

로돌포 부인…….

라 티스베 내 말 잠시만 들어 줘. 나는 언제나 너무나도 불쌍한 아이였어. 그것은 말 때문이 아니라 주체할 수 없이 넘쳐나고 부풀어 오른 가련한 심장 때문이었어. 사람들은 우리처럼 격이 다른 사람들에게는 연민의 정을 갖지 않아. 그건 잘못된 거야. 우리에게도 가끔씩은 덕이 있고 용기도 있다는 것을 사람들은 전혀 몰라. 내가 삶에 대한 애착이 많을 거라 생각하니? 내가 아주 어렸을 때 구걸하며 지냈다는 것을 상상해 봐. 열여섯 살 때 나에게는 먹을 것이 없었어. 위대하신 양반네들이 거리에서 나를 거두어 주었지. 나는 진탕에서 진탕으로 빠져들어 갔어. 굶느냐 아니면 대향연이냐의 기로에 있었어! 나도 잘 알아, 사람들은 "굶어 죽어라" 하고 말하리라는 것을. 하지만 나는 고생을 너무나 많이 했어. 오! 그렇지. 온갖 연민의 정은 위대하신 귀부인들의 몫이지. 만약 그녀들이 울면, 사람들은 위로해 주고, 그녀들이 잘못을 저지르면 용서해 주는데도 그녀들은 불평만 늘어놓곤 해. 그러나 우리에게는 호의적인 것이 아무것도 없어, 사람들의 핍박뿐이야. 가라, 불쌍한 여자야, 하던 대로 하고 살아라. 웬 불평이냐? 모두가 너를 적대시하는데. 넌 고생하기 위해 태어나지 않았니? 이 매춘부야. — 로돌포! 이러한 나의 처지에서, 내 마음을 이해해 줄 그 누군가의 마음이 나에게도 필요했으리라는 생각이 안

드니? 만약 나를 사랑해 주는 누군가가 없다면, 그때 내가 진정으로 어떤 사람이 되면 좋겠니? 너의 마음을 움직여 보려고 이런 말하는 거 아냐. 그게 무슨 소용이 있을까? 지금은 가능한 것이 아무것도 없는데. 하지만 너를 사랑해, 내가! 오! 로돌포, 너에게 말하고 있는 이 불쌍한 여자가 어느 정도로 너를 사랑했는지는, 내가 죽고 난 후라야, 내가 이 세상에서 사라진 다음에야 알게 될 거야. 그러고 보니 너를 알고 지낸 지가 여섯 달이 되는구나, 그렇지? 지난 여섯 달 동안 나는 너의 눈길을 나의 생명으로, 너의 웃음소리를 나의 기쁨으로, 너의 숨결을 나의 영혼으로 생각했었어! 그러니 생각해 봐! 여섯 달 전부터 네가 나를 사랑하고 있다는 생각, 나의 삶에 꼭 필요한 이 생각을 내가 단 한순간이라도 안 가질 수 있었겠는지. 나의 질투심이 항상 너를 성가시게 했고, 나는 수많은 낌새들을 느끼면서 괴로워했다는 것을 너는 알거야. 이제야 설명이 되네. 널 탓하진 않아. 너의 잘못이 아니니까. 너의 생각은 칠 년 전부터 온통 그 여자에게 가 있었다는 것을 이제 알았어. 나는 너에게 한낱 장난감이었고, 심심풀이 땅콩이었다는 것을 알았어. 아주 간단하네. 널 탓하지 않을게. 하지만 내가 어떻게 해 주면 좋겠니? 이런 상태를 계속할 순 없어. 너의 사랑 없이 살아갈 수 없단 말이야. 말하자면 숨을 충분히 쉬어야 하는데, 네가 없으면 숨이 쉬어지지가 않아. 이것 봐, 넌 내 말을 듣지도 않잖아. 내 말이 그토록 지겹니? 아! 정말 나는 왜 이다지도 불행할까! 누가 이런 나를 보면, 얼마나 측은하게 여길까!

로돌포 내가 확신하기로는! 시장이 네 명의 경찰을 부르러 간 사이에, 당신은 그녀에게 독약을 마시게 하려고, 끔찍한 말들을 아주 낮은 소리로 지껄였소! 부인! 나의 이성이 갈팡질팡 헤매는 것이 당신 눈에는 보이지 않는 거요? 부인! 카타리나는 어디 있소? 대답하시오! 부인, 당신이 그녀를 죽였다는 것이, 그녀에게 독약을 먹였다는 것이 사실이오? 그녀는 어디 있소? 어디 갖다 두었는지 말하시오! 그녀는 내가 지금껏 사랑했던 유일한 여자라는 것을 아시오, 부인! 유일한 여자, 단 하나의 여자란 말이오, 알아듣겠소? 하나뿐인 여자란 말이오!

라 티스베 유일한 여자라고, 하나뿐인 여자라고! 오! 나를 이렇게 수없이 난도질하다니, 고약한 심사로구나! 제발! (그가 갖고 있는 단도를 가리키며)—속히 이것으로 끝장을 내 다오!

로돌포 카타리나는 어디 있소? 내가 사랑하는 유일한 여자요, 그렇소, 유일한 여자요.

라 티스베 너는 동정심도 없구나! 나의 심장을 이토록 갈기갈기 찢어 놓다니! 그래, 나는 그녀를 증오한다, 그 여자를! 알아들었니? 그 여자를 증오한다고! 맞아, 다프네가 너에게 진실을 얘기했네. 나는 복수를 했고, 그녀에게 독약을 먹여서 죽였다!

로돌포 이제야 실토하는구려. 분명히 당신이 직접 그 사실을 말했소. 세상에나! 당신이 그걸 자랑삼아 떠벌리다니, 어리석은 여자 같으니라고!

라 티스베 그렇다. 이미 했던 짓을 앞으로 또다시 할지도 모른다! 그러니 어서 찔러라!

로돌포 (공포에 떨며) 부인…….

라 티스베 내가 그녀를 죽였단 말이다. 그러니 찌르라고!

로돌포 가련한 것!

(그는 그녀를 찌른다.)

라 티스베 (쓰러지면서) 아! 심장을! 네가 나의 심장을 찔러 주었어! 잘했어 — 나의 로돌포, 손 좀! (그녀는 그의 손을 잡고 입 맞춘다.) — 고마워. 네가 나를 구해 주었어! 너의 손 좀 줘 봐. 너를 해치려는 게 아니라는 거 잘 알잖아. 나의 로돌포, 진정한 내 사랑, 조금 전 네가 들어왔을 때 너의 모습을 넌 모르지. 그러나 칼을 치켜들고 "15분을 주겠소"라고 말하는 너를 보고 난 후로 나는 이미 죽은 목숨이었단다. 이제 내가 죽어가는 마당에 좋은 일 좀 해 주렴. 나를 동정하는 말 좀 해 줘. 분명히 해 주리라 믿어.

로돌포 부인…….

라 티스베 동정하는 한마디를! 해 주겠지?

(규방의 커튼 뒤에서 목소리가 들려온다.)

카타리나 여기가 어디지? 로돌포!

로돌포 내가 무슨 소리를 듣고 있는 걸까? 이 목소리는 뭐지?

(그는 돌아서서, 커튼 틈으로 내다보고 있는 카타리나의 창백한 얼굴을 본다.)

카타리나 로돌포!

로돌포 (달려가서 그녀를 일으켜 안는다.) 카타리나! 이런! 당신이 여기 있다니! 살아 있다니! 어떻게 이런 일이? 이럴 수가! (티스베를 돌아보면서) — 아! 내가 무슨 짓을 저질렀지?

라 티스베 (미소를 지으며 그를 향해 기어가면서) 아무 짓도, 넌 아무 짓도 안 했어. 모든 것은 내가 다 했어. 내가 죽고 싶어 그랬어. 내가 너의 손을 부추겼던 거야.

로돌포 카타리나! 그대가 살아 있다니! 어쩌면! 누가 그대를 구해 주었소?

라 티스베 내가 구해 주었어, 너를 위해서!

로돌포 티스베가 구해 주었다니! 누가 와서 좀 도와 주시오! 나는 왜 이리 비참한 인간일까!

라 티스베 아니야. 어떤 도움도 소용없어. 나는 잘 알아. 고마워. 내 눈치 보지 말고 마음 놓고 기뻐해. 너를 방해하고 싶지 않아. 넌 틀림없이 기쁠 거라는 거 잘 알아. 내가 시장을 속이고 독약 대신 수면제를 주었댔어, 모든 사람들이 그녀가 죽었다고 믿고 있지만 잠에 빠져 있었을 뿐이야. 저기 장비를 완전히 갖춘 말이 준비돼 있어. 그녀가 입을 남자 옷도 준비해 두었어. 지금 즉시 출발해. 세 시간이면 베네치아 국경을 벗어날 수 있을 거야. 부디 행복하게 살아 줘. 그녀는 지금 쇠약해져 있어. 시장에게는 죽은 시체지만 너에게는 살아 있는 사람이야. 일이 이렇게 마무리되어 잘 됐다고 생각하겠지?

로돌포 카타리나!…… 티스베!……

(그는 무릎을 꿇고 숨을 거두는 티스베를 응시한다.)

라 티스베 (꺼져가는 목소리로) 나의 생명이 얼마 남지 않았어. 넌 가끔씩 내 생각해 주겠지? 그리고 "그래, 무엇보다 그녀는 착한 여자였어, 사랑스러운 티스베"라고 말해 줘. 그 말은 무덤에서도 나를 설레게 할 거야! 안녕히 계셔요! 부인, 그에게 다시 한 번 '나의 로돌포'라고 말할 수 있게 허락해 주세요! 잘 가, 나의 로돌포! 이제 속히 출발하세요. 나는 죽지만 당신들은 잘 살아요. 너에게 축복을 빈다!

(그녀는 죽는다.)

번역 후에

1921년에 蘇岩 金泳俌가 쓴 우리나라 최초의 창작희곡집 『황야에서』에는 그의 창작희곡 4편과 함께, 놀랍게도 Victor Hugo의 희곡 『파도바의 폭군 안젤로(*ANGELO Tyran de Padoue*)』를 번안한 「구리 십자가」가 들어 있다. 「구리 십자가」는 개화기 북촌 어디쯤에 있었음직한 대저택을 연상시키는 장소 설정과, 토속적인 멋이 풍기는 이름의 주인공들이 펼치는 재미있고 박진감 넘치는 스토리 전개가 이색적인 매력을 지니고 있다. 번안극이라는 표제만 없다면, 창작극이라고 해도 부족함이 없을 정도로 독창성이 돋보이는 이 작품을 한편의 연극 감상하듯 읽고 나니, 불문학을 전공한 사람으로서 자연히 원작에 대한 궁금증이 생기지 않을 수 없었다. 그러나 『파도바의 폭군 안젤로』에 관해 현재까지 국내에서 연구 출판된 문헌을 아무리 살펴보아도, 「구리 십자가」밖에는 찾을 수가 없어, 원작을 번역해 보고 싶은 마음을 갖게 되었다.

이 번역의 텍스트는 Paris의 Gallimard 출판사에서 나온

Pléiade판 Victor Hugo의 희곡 전집 제2권 *Théâtre II*의 553쪽에서 678쪽까지에 수록된 *ANGELO Tyran de Padoue*이다.

작가는 '서문'을 통해서 작품의 개요나 제작의도 등을 의욕적으로 기술해 놓았기 때문에 더 이상의 설명은 췌언에 불과하겠으나, 위고의 희곡작품들 속에서 이 작품이 갖는 위상을 가늠하기 위해 약간의 부연설명을 하고자 한다.

Victor Hugo(1802.2.26~1885.5.22)의 극작가로서의 일생은 1827년에 발표한 드라마 〈크롬웰(Cromwell)〉로부터 시작된다. 이 작품은 비록 무대에서 상연되지는 않았으나, 새로운 연극 이론을 펼친 '서문'이 문학사적으로 매우 중요한 의미를 갖는다. 그는 이 서문에서 인류 역사가 원시 시대에서 고대로, 다시 현대로 바뀌면서 자연히 문학 형태도 변하였음을 설명한다. 즉 신과 생명과 창조가 주축이었던 원시시대에는 그들을 찬양하는 서정시가, 半 神 내지 영웅들이 부족과 국가를 건설하고 확장하던 고대에는 그들의 역사를 그리는 서사시가, 현대에는 극시가 주축이 되었다고 말한다. 현대 즉 기독교적 이분법이 인간의 마음을 지배하는 중세 이후에는 빛과 그림자, 영혼과 육체, 숭고함과 기괴함, 어리석음과 예지 등, 서로 상반되는 요소들이 혼합, 반복되는 과정을 자연스럽게 그리는 낭만주의 연극이 필요함을 강조하고, 따라서 예법(bienséance)과 진실임직함(vraisemblance)

을 존중하고 3단일 규칙(trois unités)을 준수하며, 고대를 모방하던 17세기 고전극의 엄격한 굴레는 당연히 타도의 대상이 된다. 그리고 이러한 이론은 1830년, 연극 〈에르나니(Hernani)〉 공연을 통해 실천에 옮겨진다. 이 작품의 공연이 진행되는 과정에서 고전주의와 낭만주의 지지자들 간에는 「에르나니 논쟁(La Bataille d'Hernani)」이 일어나고, 마침내 낭만주의 연극이 결정적으로 승리하는 기틀을 마련하게 된다. Louis 13세를 풍자했다는 이유로 2년간 검열에 묶여 있던 산문극 『마리옹 들로름(*Marion Delorme*)』(1829→1831)이 겨우 검열에서 풀려났으나, 이듬해 Louis 12세와 François 1세 시대를 다룬 운문극 『왕은 즐긴다(*le Roi s'amuse*)』(1832)가 다시 검열 때문에 흥행에 완전히 실패하자, 무대는 아예 외국으로 옮겨져 버린다. 『뤼크레스 보르지아(*Lucrèce Borgia*)』(1833)는 이탈리아를 무대로 기괴함(grotesque)의 미학을 극도로 추구한 산문극으로 크게 성공하여, 같은 해에 Donizetti가 오페라(Lucrezia Borgia)로 만들기도 한다. 영국의 메리 여왕 시대의 궁중을 그린 『마리 튀도르(*Marie Tudor*)』(1833), 16세기 베네치아 공화국의 실상을 고발하는 『파도바의 폭군 안젤로(*ANGELO Tyran de Padoue*)』(1835), 17세기말 스페인을 무대로 한 『뤼 블라스(*Ruy Blas*)』(1838) 등이 연이어 성공하지만, 차츰 관객들이 산만한 낭만주의 연극보다 간결한 고전극에 향수를 느낌에 따라 1843년에 쓴 운문극 『성주들(*Les Burgraves*)』이 흥행에 실패하자 위고는 이후 20여 년간 희곡을 쓰지 않는다.

『파도바의 폭군 안젤로』는 시대적 배경이 작가가 살고 있던 시대보다 300년 전으로, 무대는 이국 이탈리아로 옮겨져, 카타리나와 로돌포의 사랑 이야기를 중심으로 3일간에 걸쳐 다섯 번 장소를 옮겨가며 전개되는 산문극이다. 3단일 법칙 중에서 장소의 일치와 시간의 일치는 지켜지지 않았으나 사건의 일치는 지켜지고 있다. 따라서 사건이 긴밀하게 연결되어 있고 빠르게 진행되며, 긴장감을 늦추지 않고 결말에 대한 호기심을 흥미진진하게 유지해 나가기 때문에, 일반적으로 위고 희곡의 결점으로 지적되는 느슨한 갈등구조나 산만한 사건 전개 등은 이 작품에는 해당되지 않는다. '민중들'에게 상황을 자세히 설명하려는 작가의 배려심이 가끔 장광설로 비칠 때도 있지만, 절제되고 재치 있는 대화가 유발하는 속도감과 어울려, 오히려 작품의 균형미를 돋보이게 하고, 자칫 멜로드라마로 흐를 수 있는 작품을 문학적 가치가 풍부한 문제작으로 끌어 올리는 요인이 된다. 예컨대 안젤로가 들려주는 베네치아 사회의 모순, 카타리나가 고발하는 여성에 대한 남성의 횡포, 라 티스베가 호소하는 하층민에 대한 사회적 편견 등을 통하여, 사회제도나 인간 본성에 대한 작가의 따뜻한 감성과 호기로운 목소리를 동시에 들을 수 있기 때문이다. 작가는 이 작품이 "기대를 훨씬 능가하는 성공을 거두었다"고 술회하고 있는데, 그로부터 2세기 가량 지난 오늘의 현실에서도, 충분히 공감대를 형성하고 시사성을 찾을 수 있다는 점에서, 이 작품이 고전으로 평가될 수 있는 가치와 의의를 지니고 있다고 하겠다. 프랑스의 학생들이 20여 편에 달하는 위고의 극작품 중에서 가장 이해하기 쉽고 잘 읽혀지는 작품으로 『파도바의 폭군 안젤로』를 꼽는 것도 이러한 이유에서가 아닐까 생각된다.

이 작품은 이탈리아 작곡가 아밀카레 폰키엘리(Amilcare Ponchielli)에 의해 4막으로 된 오페라 〈라 조콘다(La Gioconda)〉로 만들어져 1876년 4월 8일 밀라노 스칼라 오페라에서 초연되었다. 유명한 아리아로는 1막에서 알토(오페라의 라 치에사, 원작의 라 티스베 어머니)가 부르는 '여인의 음성인가 천사의 음성인가'와 2막에서 테너(오페라의 엔초, 원작의 로돌포)가 부르는 '하늘과 바다(Cielo e mar)' 그리고 4막에서 소프라노(오페라의 라 조콘다, 원작의 라 티스베)가 부르는 '자살(Suicidio)' 등이 있다.

폭군의 아이러니

작품을 읽고 나면 표제의 인물 안젤로를 진정한 폭군이라고 할 수 있을까라는 의문과 함께, 만약 안젤로가 폭군이라면 어떤 성격의 폭군일까 하고 다시 한 번 생각해 보게 된다. 그는 '파도바의 폭군'이라기보다는 '베네치아의 노예'로서의 이미지가 더 강하며, 개인적으로는 그의 인생에서 가장 소중한 아내와 애인을 동시에 잃는 비극적인 인물이 되기 때문이다.

우선 작품 서두에서 "당신은 이곳의 주인이에요, 시장님, 훌륭하신 시장이시고, 생살여탈권과, 완전한 권력과 완전한 자유를 갖고 계셔요. 당신이 거리를 지나가실 때면, 시장님, 창문들은 닫히고, 행인들은 달아나고 모두가 집안에서 벌벌 떨고 있어요"라는 라 티스베의 말은 폭군으로서의 안젤로를 가장 간단명료하게 설명해 준다. 이에 대한 안젤로의 "나는 이곳에서 무엇이든 할 수 있네. 이 도시의 주인이고, 독재자이고 최고 권력자니까. 베네치아가 파도바에 파견한 시장이요, 영양을 덮치고 있는 호랑이 발톱이라고나 할까"라는 대답은 라 티스베의 말을 그대로 시인하는 듯하다. 그러나 "비록 내가 절대권자이기는 하지만, 나의 상부에는 거대하고 무시무시한, 어둠으로 가득 찬 베네치아가 있단 말이네. 베네치아는 국가의 사찰기관이야. 10인위원회라고"라는 말은 그의 힘의 한계를 분명히 드러내고 있다. 그는 파도바에 군림하고 있지만, 사실은 베네치아가 그를 지배하고 있으며. 파도바를 억압하는 것이 그의 임무다. 그는 베네치아로부터 공포의 존재가 되라는 명을 받았으며 폭군이 되는 조건으로 독재자가 되었다. 그가 이 명령을 단 한순간도 소홀히 할 수 없는 이유는 '10인 위원회' 때문이다. 왜냐하면 10인 위원회에서 파견된 요원들이 방방곡곡에서 밀정이나 경찰이나 사형 집행인 행세를 하면서, 자신들의 정체는 철저히 숨기고 필요한 사람들의 정보를 속속들이 알고 있어, 모든 사람들, 시장이나 총독의 사활까지도 좌지우지할 수 있기 때문이다. "나는 얼마나 멋진 시장인가! 내일 하찮은 경찰이 느닷없이 나의 침실에 들이닥쳐서 그를 따라오라고 말하면, 그가 아무리 보잘것없는 경찰일지라도 따라가야 하네. 언제든 이런 사태를 겪지 않으리라는 보장이 없다는 말이네. 어디로 가느냐고? 어딘가 깊숙한 곳으로 나를 데려다 놓고, 그는 혼자서만 다시 나가겠지"라는 안젤로의 탄식은 그의 일상생활이 철저한 감시와 그로 인한 정신적 압박 속에 있음을 사실적으로 설명해 준다. 따라서 그는 "폭군으로서의 일상직무를 보면서도 무슨 일이 터질까 봐 끊임없이 두려워하며, 마치 연금술사가 자신이 만든 독 때문에 죽듯이, 그가 행한 업무 때문에 뻣뻣한 송장이 되어 나갈까 봐 매 순간 떨어야" 한다. 결국 그는 "하나의 민중이 다른 민중을 핍박하는 데 쓰이는 도구"에 지나지 않으며, 이러한 도구는 "신속하게 이용되고 흔히 망가져 버리는" 한계를 벗어날 수가 없는 것이다.

파도바의 시장이 아닌 가장으로서의 안젤로의 삶은 "나는 진정으로 당신을 경멸해요! 당신은 돈 때문에, 내가 부자였고, 나의 가문이 베네치아 저수지의 물 소유권을 갖고 있었기 때문에 나와 결혼했지요"라는 카타리나의 날카로운 지적이 보여 주듯, 사랑이 아닌 소유욕에서 시작한 결혼생활이 불행의 시초라고 할 수 있다. 게다가 그는 여자의 마음을 헤아릴 줄 모를 뿐 아니라 사랑을 표현할 줄도 모른다. "지난 5년간 당신과의 생활은 어떠했나요? 말해 보세요! 당신은 나를 사랑하지 않았어요. 질투만 했지요. 당신은 나에게 감옥살이를 시켰어요. 당신은 정부를 두어도 허용되었죠. 남자들에게는 모든 것이 허용되니까요. 나에게는 언제나 냉혹하고 음침한 사람이었어요. 호의적인 말 한마디 해 주지 않았죠. 당신 조상들 얘기와 당신 가문에서 나온 총통들 얘기만 끊임없이 하면서, 나의 가문을 업신여겼죠. 그런 것이 여자를 행복하게 해 주는 것이라고 생각하다니!"라는 카타리나의 불평을 통해 볼 수 있는 안젤로의 자기과시욕은 열등감의 다른 표시일 뿐이다. 그가 유일하게 사랑의 표현이라고 생각하는 질투심은 아내를 방 안에 감금하고 "그 방에 들어가거나 문을 살짝 열어 보기만 해도 죽을죄가 되기 때문에, 남자라고는, 귀족이든 하인이든 젊은이든 늙은이든 얼씬도 할 수 없게" 만든다. 그 결과 카타리나의 일상생활은 "남편에게 감히 말도 건네지 못할" 만큼 위축되기에 이른다. 그러나 안젤로는 애정이 없는 이유를 카타리나의 탓으로만 돌린다. "집안 사정을 위해 마지못해 결혼한 여자라네. 그러나 내 앞에서는 항상 슬픈 얼굴과 압제에 신음하는 표정을 짓고 있었어. 나에게 자식도 허락하지 않았네." 특히 안젤로는 아내의 결점을 발견했을 때 이해나 용서보다는 증오와 복수가 자신의 명예를 회복할 수 있는 당연한 방법이라고 생각한다는 점이 사태를 돌이킬 수 없이 악화시킨다. "나는 그 여자를 증오하네. 증오는 우리의 혈통과 가문과 전통에 항상 있어 왔네. …… 그렇다고 그녀에게 딱히 해를 가할 생각은 없었네. 그런데 그녀가 죄를 지은 거야. 그녀에겐 안 된 일이지만 벌을 받을 거네. …… 내가 어쩔 수 없이 해야 하는 이 일이 합법적이라는 사실을 이해하겠지? 내가 복수하는 것은 나의 명예 때문이야. 누구든지 나의 처지가 되고 보면, 나와 똑같이 행동할 걸세." 이와 같이 가문의 전통과 사회적 통념을 내세워 아내를 증오하고 죽이려 하면서도 '합법적이라'고 주장한다는 것은 이기적이고 자기중심적인 남자의 무책임한 언사에 지나지 않으며, 자신의 죄의식을 덜어보려는 치졸한 변명으로밖에 보이지 않는다. 카타리나가 남편 안젤로를 '괴물'로 혹은 '악마'로 규정하고 경멸하는 이유가 바로 여기에 있다고 할 수 있다.

이상과 같이 볼 때 안젤로에게 폭군이라는 수식어는 직설적인 의미보다 우회적인 의미가 더 강하다고 할 수 있다. 그의 힘은 파도바 시민들을 공포의 분위기로 몰고 가는 물리적인 힘에 지나지 않으며, 그나마 자신의 독립적인 행위의 결과가 아닌 베네치아의 지시와 감시에 의한 자기방어적인 폭력에 불과하다. 그는 스스로를 '파도바의 폭군인 동시에 베네치아의 노예'라고 생각하지만, 실제로 그에게서는 폭군의 모습이 노예의 모습에 가려져 보이지 않을 정도이다. 그 이유는 그가 속해 있는 사회의 근원적 모순 때문이기도 하지만, 그 자신이 안고 있는 개인적인 어리석음 때문이기도 하다.

그의 어리석음은 첫째로는 진정으로 인간을 사랑하고 배려하는 마음을 알지 못할 뿐 아니라, 사랑을 올바로 표현할 줄도 모른다는 점이다. 둘째로는 가문이나 사회의 관례를 충실히 따르기만 할 뿐 독창적이고 유연한 자기 세계를 만들 능력도, 주변을 개선할 의지도 없다는 점이다.

그 결과 사회적으로도 '10인 위원회'의 꼭두각시의 한계를 벗어나지 못하며, 애정 면에서도 아내와 정부를 동시에 잃는 비극의 주인공이 된다. 라 티스베의 죽음은 첫째 날 제1장에서 이미 스스로 예고한 죽음이고, 오모데이의 죽음은 자신이 교묘하게 획책한 악에 대한 일종의 인과응보라고 할 수 있는데 비해, 안젤로는 자신이 믿고 있는 가치관으로 보면 '합법적'인 행위를 했음에도 불구하고 실제로는 인생의 가장 소중한 부분을 송두

리째 잃고 만다는 것은, 근본적으로 잘못된 가치관을 답습해 온 어리석음의 당연한 귀결이라고 보아야 할 것이다. "잘못은 잘못을 저지른 자, 다시 말해서 강하지만 실은 사회적이며, 어리석은 남자에게 되돌아가게 하는 것"을 이 작품 제작 의도의 하나로 밝힌 작가의 말은 안젤로를 두고 한 말이라고도 할 수 있다.

이러한 안젤로에게서 우리는 훗날의 자베르의 일면을 엿보게 된다. 약 30년의 간격을 두고 창작된 두 인물을 통해, 획일적이고 이기적인 생각에 갇혀 사랑은 없고 체제에 대한 충성심만 있는 필요악과도 같은 인물을 만난다는 것은, 이들이야 말로 언제나 사회 발전에 대한 신념을 버리지 않았던 위고가 오래도록 연민의 정을 갖고 고민한 인물, 다시 말해서 작가의 애증을 표출한 인물이라고 유추해 볼 수 있을 것이다.

진정한 폭군이 못 되고 오히려 비극의 주인공이 되어버린 안젤로는 혐오감보다는 오히려 측은지심을 유발시키는 인물이라는 점에서 그를 지칭하는 폭군이라는 수식어에는 어리석은 꼭두각시라는 일종의 아이러니가 내포되어 있다고 할 수 있겠다.

2016년 5월 1일